아무튼, 영양제

아무튼, 영양제

오지은

위고

99만 건의 메타데이터를 분석한 결과
대부분의 영양제는 사망 위험을 줄이거나
심장질환을 예방하는 데 별 효과를 보이지 않았다.
한편, 칼슘과 비타민D를 함께 섭취할 경우
뇌졸중 발병 확률이 높아질 수도 있다.

-존스홉킨스 의대 연구진,
2019년 미국 내과학회 발표 중에서

차례

하루에 몇 알 드세요?

한 괴짜*에 대한 기사를 읽었다. 하루에 영양제를 50알이나 먹는다는, 구글 인공지능 부서의 높은 사람이었다. 그는 과학 발전에 대한 믿음이 큰 나머지 불로불사를 꿈꾸고 있었고 그 수단 중 하나가 다량의 영양제였다. 기사가 실린 곳이 신문의 과학면이나 경제면이 아닌 '앗 세상에 이런 일이' 풍의 해외 토픽 코너였던 걸 생각하면 편집장도 그렇게 진지하게 다루진 않았던 것 같다. 나도 천재의 기행이라 생각하며 조금 웃었다. 그땐 몰랐다. 내가 홍대의 영양제 괴짜가 될 줄은. 천재도 아니면서….

---

* 레이 커즈와일. 현재 구글 엔지니어링 담당 이사다.
   인공지능 분야에서 유명하지만 사실 음악을 하는 사람들
   사이에서는 신시사이저를 발명한 그 커즈와일로 유명하다.
   커즈와일사의 커즈와일이… 지금 구글의 이사라고?
   몇몇 음악인은 이 소식에 분노를 표했다. 사람들은 가끔
   너무 뛰어난 사람을 보면 그런 기분이 드니까(나도
   그랬고). 그는 2023년 현재 75세이고 최근 기사를
   찾아보니 목표는 97세까지 사는 것이라고 한다.
   왜 하필 97세일까? 천재 괴짜의 마음 알 수 없다. 한때는
   하루에 영양제를 250알 정도 먹었던 그이지만 2015년
   기사에 따르면 100알로 줄였다고 한다. 매년 영양제를
   구입하는 데 쓰는 비용은 11억 정도라고.

깨달음을 얻은 장소는 의외로 건강검진센터의 침대 위였다. 나는 대장내시경을 위해 받은 알약 28알을 보고 있었다. 아득해서 블로그를 검색해보니 나 같은 사람들이 많았다. 와, 이걸 어떻게 다 먹어?

아니 잠깐.
나 자기 전에 영양제 10알씩 삼키잖아.
물 한 모금에.

나는 차분해졌다. 7알에 물 한 모금. 또 7알에 물 한 모금. 나머지 14알은 아침에 먹는 것이라고 했다. 나도 모르게 해온 단련의 성과가 있구나. 역시 꾸준함이 제일이다. 그렇게 의외의 순간에 영양제 괴짜로서의 자각을 한 나는 그 지경은 아니길 바라며, 약간의 조급함으로 매일 먹는 영양제의 개수를 세어보았다.

비타민C 4알, 비타민B 3알, 유산균 2알, 프로폴리스 1알, 비타민D 1알, 매스틱검 1알, 테아닌 1알… 13알밖에 안 되네. 휴우….

알고 있다. 적절한 운동과 규칙적인 생활, 신선

한 재료로 만든 균형 잡힌 식사, 스트레스를 피할 수 있는 환경, 충분한 휴식, 매일 15분 이상 햇빛을 쐬는 생활을 한다면 영양제 안 먹어도 된다는 것을. 하지만 아는 것과 행하는 것 사이에는 넓은 강이 있다. 그리고 나는 주로 이쪽 강가에 쭈그리고 있다. 어떻게 안 될까…? 저 너머에 어떻게 좀 다다를 수 없을까?

그래서 나는 오늘도 아이허브 앱을 켜고 검색창에 증상을 적는다. 개선시키고 싶은 무언가는 항상 있다. 피로, 무기력, 불면, 소화불량, 면역, 항산화 등등. 규칙적인 생활, 스트레스 없는 하루, 적절한 운동을 대신하려면 일단 5만 원어치면 되겠지? 무료 배송은 넘겨야 하니까.

이 책은 그런 어리석은 사람의 이야기입니다.

영양제 서랍과 그 서랍을 위한 서랍

나에게는 영양제 서랍이 있다. 그리고 그 서랍을 위한 서랍이 있다. 무슨 소리인가 하면 침대 옆에 매일 열어보는 영양제 1번 서랍이 있고, 조금 떨어진 수납장에 그 안에 들어가지 못한 영양제를 보관하는 2번 서랍이 있다는 뜻이다. 그냥 서랍이 두 개 있다고 할 걸 그랬나? 하지만 서랍을 위한 서랍이라는 말이 마음에 드는걸….

1번 서랍에는 빡빡한 기준을 통과한 영양제가 들어 있다. 내 몸이라는 경기장에서 선발로 뛰고 있는 선수들이다. 기용의 기준은 '현재의 컨디션'인데 요즘 가장 해결하고 싶은 증상이 무엇인가에 따라 달라진다. 변비인가. 잠의 질인가. 소화인가. 무기력인가. 순환인가. 전부 먹으면 안 되나? 하고 누가 묻는다면 세상은 그렇게 쉽게 흘러가지 않는다고 말하고 싶다. 모든 것을 다 가질 순 없는 법이다. 그 답을 들은 누군가가 "영양제로 그런 효과를 얻으려고 하는 댁 마음이 가장 쉽게 흘러가는 거 아닙니까?" 하고 묻는다면 이렇게 답하겠다. 당신이 맞소….

1번 서랍 속 영양제는 2023년 여름 현재 다음과 같다.

○ 일본 다케다제약 아리나민 EX 플러스

: 비타민B 계열. 우리에게는 액티넘으로 알려져 있다.

○ 일본 에자이제약 쵸코라 BB 루센트C

: 엘시스테인이 들어 있는 비타민C 계열.

○ 한국 서울약사신협 프로바이오 생유산균

○ 미국 솔가 비타민D 1000IU

○ 미국 라이프익스텐션 L-테아닌 100mg

○ 미국 솔라레이 매스틱검 500mg

항상 선발에 뽑히는 영양제는, 그러니까 전성기의 이종범 같은 선수들은 비타민B, 비타민C, 유산균이다. 나는 그들이 항상 몸속에서 안타 또는 홈런을 친다고 믿고 있기 때문에. 나머지 타선에서는 신인들의 가능성을 본다. 눈이 뻑뻑할 때는 루테인에게, 손톱이 갈라질 때는 비오틴에게 기회를 준다. 1번 서랍은 작기 때문에 작은 플라스틱 케이스에 각종 영양제를 보관하고 있다. 그 케이스에 맞는 아주 작은 제습제도 사두었다. 잊지 않고 함께 넣는다.

그리고 서랍을 위한 서랍, 그러니까 2번 서랍에는 그 외 영양제들이 들어 있다. 영입할 때는 활약할

줄 알았는데 의외로 선택받지 못하는 친구들이다. 예를 들어 마그네슘이나 고함량 비타민C 같은…. 그리고 죽겠다 싶을 때를 대비한 오쏘몰이 한 박스 들어 있고, 절대 떨어지면 안 되는 선발 선수들의 재고가 들어 있다.

가끔 그 서랍을 위한 서랍을 열어볼 때가 있다. 주로 마음이 허한 새벽이다. 내 삶에 구멍이 뚫렸다는 생각이 들고, 그게 신체 증상으로 나타나는 것 같고, 예를 들어 위가 아프거나 잠을 못 자거나 그런, 그럼 그걸 물건으로 때워버리고 싶어지는 그런 새벽. 그때 서랍을 열면 과거의 내가 쟁여둔 영양제가 있다. 미래의 내가 밤샘을 할 때를 대비한 영양제, 머리카락이 얇아질 것을 대비한 영양제, 위액이 역류할 때를 대비한 영양제, 집 밖으로 나가지 않아 햇빛을 보지 못할 때를 대비한 영양제, 자주 먹는 유산균이 듣지 않을 때를 대비한 다른 회사의 영양제. 긴긴 겨울을 준비하며 다람쥐가 모아둔 도토리 같은 약병들. 과거의 내가 미래의 나에게 보내는 약간은 한심한 종류의 다정함.

왜 한심하냐면… 도토리를 소중하게 모으기만 하다가 유통기한을 넘길 때가 있기 때문이다. 또는 제품 설명에 홀려서 사놓고는 어디에 좋아서 샀는지를 까먹어서 보관만 하는 일도 있기 때문이다. 하지만 나는 스스로가 한심하다는 것을 알고 계속 한심한 어른이니까 일단 이렇게 살기로 한다.

밀크시슬과 간 과장

친구들과 만나면 언젠가부터 영양제 얘기를 하기 시작했다. 요즘 뭘 먹니. 뭐가 효과가 있었니. 무슨 증상엔 뭐가 좋다니. 사는 얘기를 하면 눈에 생기가 사라지는 우리들이지만(예술과 일에 대한 얘기에 특히) 영양제 얘기를 하면 눈동자에 빛이 다시 돌아오고 구겨져 앉았던 자세가 펴지고 몸이 테이블 쪽으로 15도 정도 기운다. 최근 간에 대한 얘기를 자주 한다. 안색이 나쁘면 간 때문에…? 피로가 안 풀리면 간 때문에…? 디톡스가 안 되는 느낌은 간이 일을 안 해서…? 좌우지간 간 때문에…?

〈간 때문이야〉라는 시엠송을 어떤 작곡가가 너무 잘 만든 탓에, 여하튼 다 간 때문이라는 의학 지식이 반도 사람들의 머릿속에 심어졌다. 내 머릿속에도 심어졌다. 좋은 일이라고 생각한다. 장기가 어떻게 피로에 작용하는지 생각하는 계기가 되었을 것이다. 특히나 민감하게 반응한 이유는 아무래도 술을 많이 먹는 민족이기 때문일 것이다. 찔리는 사람이 많았겠지. 그렇게 고생하는 간을 위해 우리가 할 수 있는 일은 생활 습관을 바꾸거나 술을 끊거나 과로를 피하는 것이 아닌… 역시 간 영양제를 사는 것이 아닐까?

나는 개인적으로 간을 간 과장이라고 부르고 있

다. 회사에 제대로 다녀본 적은 없지만 실무를 가장 많이 하는 직급이 과장인 것으로 알고 있다. 간을 떠올리면… 쏟아지는 일을 허덕허덕 해내는, 항상 야근을 하는 과장님의 모습이 떠오르는 것이다.

그도 그럴 것이 간은 역할이 크다. 일단 간은 장기 중 가장 크다. 1.5킬로그램 정도 된다고 한다. 간 과장은 우리가 먹은 음식을 몸에 필요한 물질로 바꾸는 일을 한다. 먹은 음식이 독 같은 것(예를 들어 술이나 약)일 때는 해독하는 역할도 한다. 그런 간 과장은 일이 몰려도 티를 내지 않는다. 성실하고 묵묵한 스타일이다. 과로를 하면 산을 뿜으며 '쓰라리게 해주겠어!' 하고 성질을 부리는 위 과장이나, '피를 보게 해주겠어…' 하고 한을 품는 장 과장과 다르다. 간 과장은 업무가 과도하게 몰려도 불평하지 않는다. 그러다 조용히 사표를 내민다. '간경화…걸릴 것 같아서….' 아니, 간 과장님, 미리 말을 하시죠. 후회해도 늦었다.

그런 간 과장을 달래기 위해 우리가 사는 영양제는 아마도 밀크시슬(실리마린)일 것이다. 내 방에도 있다. 친구들의 방에도 있을 것이라 확신한다. 밀크시슬은 뭐고 실리마린은 뭐야? 하고 궁금해할 당신을 위해 얘기하자면 밀크시슬은 식물 이름이고 그 안에 든 성분명이 실리마린이다. 그러니까 간에 좋다고 밀크시슬도 사고 실리마린도 살 필요는 없다.

밀크시슬은 대단한 풀이다. 그리스시대부터 간 치료제로 사용되었다고 한다. 그나저나 이런 유의 사실을 접할 때마다 놀란다. 고대 그리스인은 대체 어디까지 알아냈던 걸까? 3천 년 후의 우리에게 브랜드 가치를 계속 유지하고 있다는 점도 대단하다. 고대 그리스인들이 즐겼대. 오오오…. 고대 그리스인의 애기는 앞으로도 이 책에서 계속 나올 것이다.

밀크시슬의 대단한 점은 구체적으로 다음과 같다.*

○ 간 기능을 진짜로 개선시킨다.

○ 항염, 항산화 효과가 있다.

○ 뇌 기능 저하를 막아 알츠하이머병 치료에 쓰일 수 있다.

○ 폐경 후 여성의 골다공증을 예방할 수 있다.

○ 모유 수유를 촉진할 수 있다(밀크니까…!).

○ 혈당 수치를 낮출 수 있다.

* 헬렌 웨스트 박사가 헬스라인닷컴에 쓴 글을 참조했다. https://www.healthline.com/nutrition/milk-thistle-benefits

집중해야 하는 곳은 '-수 있다' 부분이다. 많은 영양제가 가지고 있는 특징이다. 좋을 수도 있다. 좋은 일이 일어날 수도 있다. 동시에 아무 일이 없을 수도 있다. 밀크시슬의 경우에는 첫 번째 간기능 부분에 대한 임상 결과는 많지만 나머지에 대해선 임상 결과가 부족하다.

'아님… 말고…'는 영양제의 본질이라고 생각한다. 밀크시슬이 '확실히 도움이 된다!'의 영역에 있다면 간 치료제가 되거나 항생제가 되거나 알츠하이머병 치료제가 되었을 것이고 그럼 화이자가 진작에 특허를 냈을 것이고 주사 한 대에 98만 원 정도 하겠지. 실리마린이 그런 기적의 물질이라면 화이자가 아니더라도 다른 다국적 제약회사들이 가만두지 않았을 것이다. 그럼 200개들이 한 병을 3만 원 정도에 올리브영에서 살 수 없을 것이다. 간단히 살 수 있다는 것은, 먹어도 그만 안 먹어도 그만이라는 뜻이다. 난 그래서 좋아하지만.

이제 부작용 파트로 넘어가겠다. 부작용을 들으면 오히려 효능에 더 신뢰가 간다. 나쁜 점이 있어야 좋은 점이 더 진짜처럼 느껴진다. 그런 실리마린의 부작용은… 여성암이 있는 사람에게 위험할 수 있다는 것. 여성호르몬인 에스트로겐과 연관이 있기 때문이다. 여성 암 가족력, 바로 나에게 있다. 잘 가, 밀크시슬아. 이렇게 매력적인 너인데.

밀크시슬의 시슬은 한국말로 하면 엉겅퀴이다. 고로 밀크시슬의 한국 이름은 우유 엉겅퀴다. 농담 같은가? 진짜다. 그러니까 엉겅퀴즙을 꾸준히 드시는 어르신은 어쩌면 우리보다 더 많은 양의 실리마린을 섭취하고 있을 수도 있다. 고대 그리스인과 이집트인, 그리고 반도의 어르신들은 항상 우리보다 더 많은 것을 알고 있다.

마지막으로 불후의 시엠송으로 유명한 우루사는 쓸개즙 분비를 촉진시켜 간을 도와주는 영양제라고 한다. 그러니까 간 과장을 직접적으로 돕는다기보다는 쓸개를 돕는 우 대리였다. 그런 우 대리의 업무 능력에 대해서는 다양한 해석이 있을 것 같으니 여기까지.

유럽의 약초 사랑

고대 그리스인의 후예인 현대 유럽인들은 생각보다 약초를 좋아한다. 약초? 싶다가도 허브라고 하면 아! 할 것이다. 어느 정도로 좋아하느냐면 독일 병원에 가면 의사가 허브차를 처방할 정도라고 한다. 솔직히 말도 안 된다고 생각했다. 아니, 독일은 아스피린의 나라잖아. 바이엘의 나라잖아. 독일 의사들 세상에서 항생제 제일 많이 쓰게 생겨 가지고 조신하게 허브차라니.

하지만 진짜였다. 인터넷 세상에선 독일에 살다가 아파서 겨우 병원에 갔는데 허브차를 처방받고 허망해진 한국인의 후기를 쉽게 볼 수 있다. 게다가 먹다 보니 스멀스멀 좋아졌다는 후기 또한 볼 수 있다. 베를린에서 잠시 지낼 때 드러그스토어에 가보니 한 벽면이 전부 허브차였다. 생리할 땐 생리차, 잠이 안 올 땐 수면차, 위가 쓰릴 땐 위차, 몸살이 왔을 땐 몸살차, 목이 아플 땐 인후차, 더부룩할 땐 소화차, 그리고 물론 간 강화차까지. 10분 이상 우려먹으라는 설명이 약초다워 신뢰가 갔다. 가격도 8개들이 한 팩에 3천 원 정도다!

감기에 걸려서 끙끙 앓다가 허브차를 마시는 삶은 어떤 삶일까. 아마도 감기로 휴가를 내도 눈치가 보이지 않는 삶, 퇴근이 오후 4시인 삶, 신선한 음식을 저렴하게 살 수 있는 삶, 푹 쉴 수 있는 삶, 그래서 몸의 자연 치유력을 믿을 수 있는 삶 아닐까. 반대로 항생제를 바로 먹어야 하는 삶은 빨리 나아야 하는 삶, 휴가를 낼 수 없는 삶, 퇴근이 밤 9시인 삶, 나약하다는 말이 두려운 삶, 자리가 보전되지 않는 삶, 그래서 힘들어도 버텨야 하는 삶일 것이다.

자제력이 없는 나는 위에 적은 허브차를 전부 포함하여 10종류 정도 구비해두었다. 넉넉하게 묽게 우려서 1리터 보온병에 넣어 오며 가며 마신다. 몸과 마음이 쑥쑥하다 싶을 때 한 잔씩 홀홀. 하지만 밀크시슬의 부작용을 알고 나니 간 강화차가 내 유방암 발병률을 높이고 있을까 봐 두려워졌다. 찬장을 열고 차를 꺼내어 성분을 보았다. 구글의 번역 기능을 켜고 조심스럽게… 어디 보자. 페퍼민트, 민들레, 강황, 톱풀, 감초…. 그냥 잔디밭이네. 계속 마셔도 되겠다.

프로폴리스의 위대함

프로폴리스에는 아무래도 심적으로 많이 의지하고 있다. 거기엔 몇 가지 합당한 이유가 있다. 일단 첫째, 무대에 서는 사람들, 그러니까 연극이나 뮤지컬 배우들이 애용한다는 점. 둘째, 보컬들의 대기실에 프로폴리스 스프레이가 상비되어 있다는 점. 셋째, 내가 종종 보컬이라는 점….

누구나 아프면 난처하지만 무대에 서는 사람은 다른 방식으로 난처하다. 예를 들어 글을 쓰는 나는 독한 목감기에 걸려도 된다…기보다, 어찌어찌 일을 해낼 수 있다. 코감기에 걸려도 키보드를 힘차게 두드릴 수 있다. 컨디션이야 좀 나쁘겠지만. 허나 무대에서 노래를 하는 사람이 목감기에 걸린다는 것은… 마치 달리기 선수가 경기 전에 아킬레스건을 다치는 것과 비슷하다. 개인적으로 컨디션이 나쁜 차원을 넘어, 공연을 함께 준비한 음악가들과 스태프, 주최 측, 그리고 그날을 기다린 관객들까지 모두 난감해지는 일이다. 그래서 무대에 서는 사람들이 부디 편도염 또는 인후염만은 오지 않길 바라며 그렇게 프로폴리스를 먹고 뿌리고 바르는 것 아닐까? 사탕도 프로폴리스, 치약도 프로폴리스, 꿀벌님의 가호 아래 살아가며….

그렇다. 프로폴리스는 소중한 꿀벌이 만들어준

다. 프로폴리스는 꿀벌의 은혜이자, 염증을 억제해주는 자연의 선물이자, 천연 항생제이자, 항균제다. 고대 그리스인에게 유일하게 콧방귀를 뀔 수 있는 고대 이집트인이 프로폴리스를 좋아했는데 심지어 미라를 만들 때 프로폴리스를 썼다고 한다. 이집트인이 미라를 만들 때 쓴 물질이다? 솔직히 진심이라고 봐야지.

프로폴리스는 벌의 타액과 나무 수액과 밀랍이 섞인 것, 그러니까 벌이 흘린 침과 기타 등등이다. 벌이 칠칠맞지 못해 침을 흘리고 다닌 건 아니고 집을 수리하기 위해 분비한 것이다. 몸에 좋다면 무엇이든 찾아내려는 인간이 프로폴리스에 주목하게 된 이유는 벌들이 벌집 안에서 아주 건강하게 지내고 있었기 때문이다. 너희, 집을 뭘로 만들었길래 그렇게 건강해? 왜 병들지 않아? 혹시 항균해? 그래서 고대 그리스인들은 그 물질에 프로폴리스라는 이름을 붙였다. '프로'는 '앞', '폴리스'는 도시. 도시의 입구를 지키는 수문장, 그것이 바로 프로폴리스인 것이다. 대단하지 않은가?

하지만 고대의 지혜를 현대의 과학으로 설명하는 일은 명쾌하긴 해도 조금 서운하다. 벌의 정령이 목감기와 싸우는 모습을 상상하는 편이 훨씬 즐거웠기 때문이다. 하지만 현대 과학은 그 성분을 플라노

보이드라고 부르기로 했고 나는 프로폴리스를 살 때 플라노보이드가 몇 밀리그램 들었는지 본다.

플라노보이드라는 단어는 낯설 수 있지만 카테킨이라고 하면 아! 할지도 모른다. 녹차에 많이 든 것으로 유명하다. 다크초콜릿과 포도에도 많이 들었고 항산화 계열에서 기침 좀 하는 폴리페놀도 그 근처의 무엇이라고 한다. 카테킨, 폴리페놀, 플라노보이드 전부 영양제 월드에서 한가락 하시는 분들이다. 왜 이름이 다른지, 정확한 차이와 분자구조, 화학식 등은 넘어가겠다. 뒷일은 과학자들에게 맡겨두고 우리는 그냥 좋겠거니 하면 되지 않을까!

하지만 그렇게 엄청난 프로폴리스는 놀랍게도 의약품으로 승인받지 못했다. 미국식품의약국(FDA)과 유럽 식품안전청(EFSA)의 양반들은 프로폴리스가 건강에 유익하다고 땅땅, 인정하지 않았다. 별 하나에 이집트인과 별 하나에 그리스인과 별 하나에 나는 섭섭다. 납득이 가지 않아 이유를 찾아보았다. 전문가들 왈, 플라노보이드는 흡수가 잘 안 되고 거의 배설되기 때문이라고 한다. 그 말에서 아주 옅게 전문가의 피로를 느꼈다. "어르신. 이게 몸이 좋아진 게 어르신이 드신 포도즙 때문이 아니고요. 수분 섭취가 늘어서 화장실에 자주 가서 가지고 순환이 잘된

겁니다. 간에 무리 가니까 즙 너무 드시지 말고 맹물 많이 드세요. 네네. 조심히 들어가세요.(한숨)"

하지만 보자. 프로폴리스의 항염 작용을 과학적으로 처음 밝혀낸 것이 고작 1965년이다. 혹시 현대 과학이 이집트가 미라를 만들던 기술을 못 따라간 것이 아닐까? 단지 명확한 논문이 아직 안 나온 것 아닐까? 이론은 계속 바뀌어왔다. 인류는 자연의 모든 비밀을 밝히지 못했다. 2050년의 학회에서 벌의 정령설을 누군가 증명하면 어떻게 될까? 정령은 그간 계속 존재했고 그 존재를 드디어 증명할 수 있게 되었고 그 물질의 이름을 FZ(Fairy ZZang)라고 붙인다면!

프로폴리스에게 굉장히 우호적인 태도를 취했지만 프로폴리스가 만병통치약이 아닌 그냥 영양제라는 것을 안다. 프로폴리스를 매일 챙겨 먹고 왠지 요즘 감기에 덜 걸린다고 생각할 수도 있다. 그게 플라세보효과든 전문가의 주장대로 원활한 배설과 순환 탓이든 말이다. 반대로 누군가는 목구멍이 묘하게 간지럽다고 생각할 수도 있다. 꽃가루에 민감한 사람은 프로폴리스 안에 든 화분 때문에 알러지가 올라올 수 있기 때문이다. 항염 작용 때문에 여드름이 나을 수도, 반대로 심해질 수도 있다. 또는 아무렇지도 않아서 돈만 낭비했다고 생각할 수도 있다. 모든 영양제가 그렇다. 술에 물 탄 듯, 물에 술 탄 듯, 좋았다가 말 았다가, 아무 느낌 없었다가. 그런데 갑자기 딴 얘기 지만 프로폴리스가 든 에센스들은 어쩜 이렇게 보습 효과가 좋을까? 꿀 핑계로 마음껏 끈적하게 만들어도 되기 때문일까? 차앤박, 스킨푸드, 미샤… 항염은 모르겠지만 매 겨울마다 감사한 마음으로 쓰고 있다.

요즘은 공연을 자주 하지 않아 프로폴리스를 1번 서랍에서 종종 빼기도 하지만 신뢰의 마음은 그대로다. 찬바람 불면 다시 1번에 넣어야지.

캬베진, 마누카꿀 그리고 샤이니 키의 매스틱검*

*   이 글의 제목은 르세라핌의 노래 〈이브, 프시케 그리고 푸른 수염의 아내〉에서 따왔습니다.

친구들을 만나서 수다를 떨다가 누군가가 작게 걱-하는 상황은 일상이다. 음악을 하는 친구들도 글을 쓰는 친구들도 역류성식도염 또는 위하수증 근처의 위장 장애를 흔하게 갖고 있다. 예민하니까 이런 일을 하다가 위가 나빠지는 건지, 이런 일을 하니까 더 예민해져서 위가 나빠지는 건지 알 수 없지만 엔딩은 같다. 좌우지간 위 상태가 나빠진다는 것.

나 또한 걱- 할 때가 많다. 이미 그 상황을 아는 친구들끼리는 괜찮지만 처음 보는 사람 앞에서 그러면 너무 민망하다. 흔들리는 눈빛을 본 적도 있다. 하지만 이건 트림이 아닙니다! 하고 항변할 수 없어 그냥 나도 같이 눈빛만 흔들었다. 하지만 이 자리를 빌려 친구들과 나의 명예를 위해 말하자면 걱-은 트림과는 다르다! 트림은 그어어어어억이고 충분히 컨트롤할 수 있는 영역이다. 하지만 걱-은 증상이다. 증상은 컨트롤할 수 없다. 하지만 남 눈엔 똑같아 보이겠지. 그 점이 슬프고, 걱-은 참 민망하다.

우리는 수많은 영양제를 시도했다. 병원에도 갔다. 양배추 성분으로 만든 이웃 나라의 캬베진은 스테디셀러다. 효과가 좋아서 꼬박꼬박 먹는 친구도 있다. 하지만 나에겐 듣지 않았다. 그럴 수 있다. 복용자 중 90퍼센트의 증상을 개선시켰어도 나머지 10퍼센트에 내가 들어가면 무효, 즉 효과가 0퍼센트인 것이다. 반대로 90퍼센트의 사람에게 별 효과가 없어도 나를 포함한 10퍼센트에게 효과가 있다면 우리에겐 100퍼센트의 영양제가 된다.

그나저나 양배추는 대단하다. 정말 맛있다. 양배추가 가진 쌉쌀한 맛, 풍부한 수분, 아삭한 매력은 소스를 곁들였을 때 활짝 피어난다. 한가락 하는 술집에서 기본 안주로 신선한 양배추와 특제 소스를 무심하게 내면 그 가게에 대한 신뢰가 올라간다. 나는 술은 마시지 않지만 안주에 까다롭기 때문에…. 여튼 양배추는 생으로도, 삶아서 된장에 쌈을 싸 먹어도, 잘게 채 썰어 튀김과 먹어도 언제나 맛있다. 떡볶이를 만들 때 듬뿍 넣으면 또 얼마나 좋은가. 이 타이밍에 고대 그리스인의 얘기를 하지 않을 수 없다. 양배추는 예로부터 '가난한 자들의 의사'로 불렸고 그들의 후예가 만들고 있는 타임지는 양배추를 3대 장수 식품으로 선정했다. 참고로 나머지 두 개는 올리브와 요구르트다. 역시 그리스 취향이지?

하지만 앞에서도 말했듯 캬베진은 나와 맞지 않았다. 나는 미련이 많은 사람이라 다른 형태로 계속 시도해보았다. 양배추환, 양배추즙. 하지만 걱-은 낫지 않았다. 그냥 맛있는 양배추를 자주 먹는 사람으로 살기로 했다.

＊

그다음 시도해본 것은 마누카꿀이었다. 꿀벌들은 우리에게 프로폴리스를 주었는데 마누카꿀까지 주었다. 이렇게 고마운 벌이 인간이 불러일으킨 환경 위기 때문에 멸종의 위험에 처했다니…. 현대인이 가는 걸음, 도는 모퉁이마다 죄가 있다. 하지만 이 책이 『아무튼, 죄송』은 아니니까 다시 꿀 이야기로 돌아가 보겠다.

뉴질랜드에서 자라는 마누카 관목에서 추출한 마누카꿀은 영양제 특유의 '왠지 좋은 것 같아요'의 세계를 넘어서서 과학적인 체계를 갖추는 데 성공했다. 영양제로는 흔치 않게 '진짜로 좋습니다'의 세계에 진입한 것이다. 뉴질랜드 정부, 뉴질랜드 영양제 회사, 뉴질랜드 의학계가 힘을 하나로 모은 결과가 아닐까? '우리 향토 특산품, 마누카꿀의 장점을 전세계에 알려봅시다! 위하여!'

마누카꿀의 존재는 뉴질랜드 여행 중 현지 슈퍼마켓에서 알게 되었다. 꿀 코너 분위기가 다른 나라와 달랐다. 일단 꿀병 디자인이 달랐다. 꿀벌이 꽃 앞에서 귀엽게 웃고 있는 노란색 계열의 디자인이 아니었다. 검정과 빨강이 주를 이룬 쿨한 패키지에는 숫자와 UMF라는 의문의 문자만 적혀 있었다. UMF. 무슨 일렉트로니카 음악 페스티벌 이름 같지만 적어도 뉴질랜드 마누카꿀의 세계에선 아니다. UMF는 마누카꿀의 효능을 나타내는 지수다. 5+는 조금 좋음, 10+는 상당히 좋음, 20+는 엄청나게 좋음. UMF 20+ 제품은 200그램 한 병에 20만 원이 넘는다. 대문호 선배가 마누카꿀을 먹는다고 해서 집요하게 물어봤다. UMF 몇 드시는데요. 설마 20+ 드시는 건가요, 대문호니까. 그는 대답했다. "15+ 먹어. 앞으로 노력해서 20+ 먹는 사람 될게⋯."

나는 소박하게 10+ 제품을 가지고 있다. 위가 콕콕 찌르듯이 아플 때 한 티스푼을 먹으면 신기하게 괜찮아진다. 물에 타지 않고 그냥 꿀꺽 먹는 편이 좋다고 한다. 플라세보효과인지, 요정의 축복인지, 아니면 메틸글리옥살(마누카꿀에 든 유효성분) 덕분인지 여하튼 통증은 가라앉고 나는 남반구를 향해 감사의 기도를 올린다. 뉴질랜드의 천혜의 자연과 마누카관목과 그 사이를 날아다니며 꿀을 모은 벌과 그리고 중간계의 호빗들에게 인사를 전한다. 감사합니다.

*

그러던 어느 날, 매스틱검이 나타났다. 샤이니의 키 선생이 방송에서 매스틱검 이야기를 한 것이다. 그날 이후로 매스틱검은 한국에서 위장 장애 관련 최강자 영양제가 되었다. 대매스틱검시대가 열린 것이다. 영양제를 사지 않던 친구들도 매스틱검을 샀다. 영양제에 별 관심이 없는 듯 보이던 젊은이들도 매스틱검을 샀다. 그렇다, 모두 위가 아픈 것이었다. 직업과 관계 없이, 나이와 상관 없이 수많은 사람들이 위장 장애에 시달리고 있었다. 그나저나 다들 회사에서 걱-은 어떻게 참지?

그 커다란 흐름에서 나는 솔직히 냉담했다. 개인적으로 매스틱검은 매니악한 계열이라고 생각했다. 왜냐하면 매스틱검은 지중해에서 자라는 매스틱나무의 진액인데 그 나무는 옻나무 계열이기 때문이다. 한국 사람으로서 굳이 서양산 옻나무의 진액을 먹어야 할까? 우리네 뒷산에 멋쟁이 옻나무가 얼마나 많은데…. 하지만 귀는 팔랑였고, 어느새 구매할 핑계를 찾고 있었다. 고대 그리스인들이 매스틱나무 진액을 '신이 흘린 눈물'이라고 불렀다 하데. 참 이오니아해 사람들은 문학적이고, 카피를 잘 뽑고, 호들갑

이 있고 그걸 읽은 나는… 구매한다.

그렇게 조금은 두근거리는 마음으로 매스틱검을 먹기 시작했다. 매스틱검은 손상된 위점막을 개선할 수도 있고, 헬리코박터균을 죽일 수도 있다고 한다. 하지만 드라마틱한 일은 일어나지 않았다. 아마도 내 점막이 이미 너무 손상되어서 효과가 미미했거나, 아니면 헬리코박터 군대가 전투를 너무 잘해서 가여운 매스틱검 친구들이 전멸을 당했을지도 모른다. 그래서 신이 흘린 눈물은 내게 닿지 못했거나 어리석은 내가 알아채지 못한 채로 임무를 마쳤다. 어느 쪽이든 매스틱검은 나쁘지 않다. 성과를 못 낸 건 전부 내 몸 탓!

그렇다면 마누카꿀에 만족하고 살면 될 것 같지만 영양제 애호가의 마음은 그렇지 않다. 가만 보니 나는 증상을 해결하고 싶은 것이 아니다. 물론 아프지 않으면 좋지만 영양제에서 내가 바라는 것은 가능성을 향해 '이동'하는 것이다. 신비의 물질을 찾아 계속 어딘가를 헤매고 싶은 것이다. 그래서 다른 회사의 매스틱검을 사보고 또 다른 회사의 양배추 어쩌구를 사보고…. 요즘은 한방 관련 위장 영양제*를 시도해보

---

*   일본 다이쇼제약 대정한방위장약.

았는데 잘 듣는다. 역시 나는 황귀 쪽이었나? 그리스 쪽이 아니고『동의보감』쪽이었나? 하지만 추천은 하지 않는다. 내게 잘 들어도 남에겐 안 들을 수도 있으니까. 마치 나와 캬베진처럼, 나와 매스틱검처럼.

스트레스 완화 영양제의 세계

세상에는 스트레스를 줄여준다는 영양제가 있다. 심지어 많다. 놀랍지 않은가. 그런 영양제가 존재한다니. 우울증과 불면증으로 오래 약을 먹고 있는 나에게 스트레스 완화 영양제의 존재는 몹시 매혹적이었다. 아이허브 검색창에 'stress'라고 치면 나오는 영양제들의 제품 설명이 얼마나 아름다운지 모른다. 예를 들어 내가 요즘 매일 먹고 있는 라이프익스텐션, 그러니까 '생명 연장'이라는 이름의 회사에서 나온 '향상된 스트레스 완화제'의 설명은 다음과 같다.

레몬밤 추출물과 L-테아닌의 진정 효과와
여러 효능을 입증하는 데이터를 바탕으로,
생명연장사는 강력한 영양 성분을 '향상된
스트레스 완화 포뮬러'에 담았습니다.

저 문구를 작성한 관계자는 천재인가? 나 같은 사람을 홀릴 단어를 잔뜩 배치해두었다. 레몬밤. 테아닌. 진정 효과. 데이터. 강력한. 향상. 스트레스 완화. 포뮬러….

살까 말까 아직 고민하고 있는 또 다른 매력템이 있다. 여긴 더 야심차다.

'Kyolic®스트레스 및 피로 완화 포뮬러 101'은 Aged Garlic Extract™, 감마-아미노뷰티릭산(GABA), 비타민B1, B6, B12를 고유한 방식으로 혼합하였으며, 점점 더 바빠지는 세상에서 정신 및 정서, 신체 균형을 유지하는 데 효과적입니다. [···] 이러한 영양소를 함께 섭취하면 면역계를 강화하고 행복한 기분을 고양시킬 수 있습니다.

에이지드 갈릭 익스트랙트, 즉 숙성 마늘 추출물은 무려 뒤에 '티엠'을 달고 있다. 하지만 에이지드 갈릭 익스트랙트는 그냥 우리 엄마 집 베란다에 있는 오래된 마늘이 아닌가 싶지만··· 밥을 먹을 때 엄마가 편마늘을 썰어 내놓으며 "마늘이 쪼글하지만 상한 건 아니대이" 하고 말을 덧붙이게 되는 바로 그 마늘이 아닌가 싶지만··· 그런 의심 하기 싫으니 내려놓기로 한다. 포인트는 그냥 오래된 마늘이 아닌 행복 호르몬과 연관되었다는 마법의 물질(이라는 홍보 포인트가 잡힌) 감마-아미노뷰티릭산과 각종 비타민을 '고유한 방식'으로 혼합했다는 점이다. 그래서 점점 더 바빠지는 세상 속에서 표류하는 우리의 정신과 정서, 신체 균형까지 돕는다는 점이다. 면역을 강화하고 행복감을 고양해준다는 것이다. 이렇게 꿈같은 작문을 할 수 있는가? 나는 못 한다.

여하튼 그들은 알고 있다. 제약회사 담당자는 내가 어떤 말을 영양제 설명 웹페이지에서 읽고 싶은지를 완벽히 파악하고 있다. 그리고 내가 홀릴 만한 신비한 아이템을 찾는다. 게임에서 고난이도 퀘스트를 깼을 때 찔끔 하나 받을 수 있는 전설의 물질 같은 것을. 그렇게 누군가는 오래된 마늘을 골랐고, 누군가는 녹차를, 누군가는 인도의 아슈와간다를 골랐으며, 누군가는 모든 것을 한 알에 전부 때려 넣는다. 효과를 높여준다는 마그네슘 등을 더해서.

그나저나 아슈와간다란 무엇인가. 혹시 싶어 네이버에서 검색해보니 이미 여에스더 선생이 팔고 계셨다. 아슈와간다는 일명 인도인삼이며 수면 건강에 도움을 주는 위타노사이드라는 성분이 들어 있다고 한다. 그나저나 여에스더 선생님과 그의 회사는 내 눈에 들어온 모든 영양제를 이미 팔고 있다는 부분에서 정말 대단하시고 설명 페이지를 보면 초반에는 '그래서 어떻다는 거지…' 하는 생각이 들다가도 스크롤을 끝까지 내렸을 때 왠지 나도 한번 사볼까 하는 생각이 든다는 점이 참으로 마성이다.

영양제의 본질은 무엇인가. 다양한 정의가 있겠지만 그중 하나는 '전세계의 조상들이 좋아하던 나무 뿌리나 풀뿌리를 캡슐이나 알약 안에 넣은 것'이 아닐까. 약간의 현대 과학적인 설명을 붙여서 말이다. 녹차를 마시면 마음이 편안해진다고 어느 중국 할머니가 말했다. 현대 과학은 그 편안함이 그 안에 들어 있는 테아닌에서 온다고 밝혔다. 아슈와간다를 먹으면 잠을 깊게 잘 수 있다고 어느 인도 할아버지가 말했다. 현대 과학은 그 안에 든 위타노사이드 덕분이라고 밝혀냈다.

그런데 이런 의문이 드는 것이다. 사실은 테아닌이 혼자 하는 일이 아닌, 녹차 안에 든 어쩌구와 저쩌구와, 무엇보다 녹차를 마시는 시간의 고요가 마음을 편안하게 해주는 것이 아닐까. 그러니까 위타노사이드가 아닌, 아슈와간다에 든 다른 물질과 할아버지가 손녀를 생각하며 아슈와간다를 짓이겨 정성껏 빚어 만든 환약이, 그리고 손녀가 자기 전에 그걸 머리맡에 둔 마음이 손녀를 푹 자게 도운 것이 아닐까.

하지만 현대인에겐 이젠 할머니도, 녹차를 마실 고요한 시간도, 대대로 가꾸던 아슈와간다 밭도 없다. 그러므로 존재하지 않는 것을 그리워하며 영양제를 맹물과 함께 삼키는 수밖에 없다.

참고로 야심찬 문구와 함께 우리 집으로 온 '스트레스 완화제' 친구들은 날 돕지 못했다. 곰곰이 생각해봤는데 내 불면증과 스트레스가 악성이라서가 아닐까. 그러니까 내 마음이라는 초가삼간이 이미 활활 타고 있는데 거기에 물을 한 컵 붓는다고 불이 꺼지나… 하지만 물은 시원하고 맑고, 내 초가삼간의 불을 꺼주겠다는 그 마음이 예쁘고, 그러다 혹시 만에 하나 어떤 불씨에 정확하게 닿아 한 뼘 정도는 꺼질 수도 있으니까, 종류를 바꿔가며 꾸준히 사고 있다. 테아닌 친구들과 한동안 지내봤으니까 다음엔 오래된 마늘을 시도해봐야겠다.

유산균이라는 거대한 대륙

누군가 나에게 하루에 단 한 알의 영양제만 먹을 수 있다고 말한다면 나는 유산균을 고를 것이다. 그런 질문 받은 적 없지만 이런 상상은 재미있으니까 계속 하기로 한다. 유산균을 고른 이유는, 유산균은 내 마음속에서 영양제의 영역을 넘어 물리의 영역이기 때문이다. 실제로 그렇다는 것이 아니고 내 마음속에서 그렇다는 것이다. 물리라는 말을 왜 하냐면 유산균이 나의 장을 운동시키는 느낌이 들기 때문이다. 나는 나의 장이 운동하길 바란다. 절실하게. 그래서 장과 나와 화장실과 내 인생의 관계가 원활하길 바란다. 그런 의미에서 나는 유산균을 믿고 또 믿는다.

당신이 만약 공감하지 않는다면 축복받은 인생을 살아왔기 때문이라고 생각한다. 언젠가 외국에서 일하는 의사 선생님을 만난 적이 있다. 그는 환경이 좋지 않은 곳에서 종종 일한다. 예를 들어 내전을 겪었던 곳이나 현재 겪고 있는 곳이나. 그런 사람은 어떤 영양제를 챙겨 먹을까 궁금해서 물어보았다. 의외의 대답이 돌아왔다. 전 영양제를 하나도 먹지 않습니다. 나는 긴박하게 바로 물었다. 유산균도요? 설마 유산균도요?? 그는 자신이 어떤 환경에서도 화장실에 편하게 가는 사람이라고 답을 했고 나는 맥이 풀렸다. 그래, 세상에는 그런 사람이 있지. 축복받은 사람.

축복을 받은 사람이 존재한다면 가벼운 저주를 받은 사람도 있다. 나는 후자다. 어릴 때부터 쭉 그랬다. 어릴 때 화장실에 앉아 하염없이 울던 날이 아직도 기억난다. 그날은 연시가 맛있어서 다섯 개나 먹었다가 그런 상황에 처했다. 몇 안 되는 강렬한 기억이다. 너무 서러워 소리도 내지 않고 주룩주룩 울었다. 6세의 가을이었다.

그런 나를 위해 엄마는 작은 요거트* 기계를 사서 열심히 무첨가 요거트를 만들어주었다. 그리고 그것은 맛이 없었다. 무첨가였기 때문이다. 게다가 목적이 있어 먹었으니 더욱 그랬을 것이다. 하지만 우리집은 4인 가족이었고 화장실은 하나였고 화장실을 내가 계속 차지하고 있으면 나머지 세 명이 난처했기 때문에 나는 매일 요거트를 열심히 삼켰다. 그리고 그 모습을 나의 형제가 부러운 듯 바라보았다. 하지만 넌 태어날 때부터 지금까지 화장실과 사이가 좋잖아….

그리고 한반도에 고급 요구르트 시장이 열렸다. 작은 상아색 요구르트가 아니었다. 번듯한 이 요구르

* 편의상 떠먹는 요구르트를 '요거트'라고,
   마시는 요구르트를 '요구르트'라고 적습니다.

트들은 크기도 한 뼘 정도로 컸고, 몹시 직관적인 이름을 가졌거나(파스퇴르사의 쾌변) 유명한 박사의 이름을 따왔거나(메치니코프), 이국에서 왔다는 티를 내거나(불가리스) 여하튼 유능해 보였다.

하지만 이 또한 필요에 의해서 먹는 것이었기에 하나도 달갑지 않았다. 왜 '해야 하는 일'이 되면 매력이 뚝 떨어지는 것일까. 내가 억지로 사과맛 요구르트를 삼키는 모습을 형제는 여전히 부러운 듯 바라보았다. 그도 어린이니까 참지 못하고 홀랑 마셔버리기도 했다. 그 때문에 냉장고의 요구르트 칸이 비어 있으면 좌절하곤 했다. 나는 오늘 어떡하라는 거지. 축복받은 사람들은 저주받은 사람의 인생을 알지 못한다. 그가 요즘도 순전히 재미로 요구르트를 사 먹을 것을 생각하면 조금 부아가 치민다.

고급형 요구르트 춘추전국시대에 닥터캡슐이라는 풍운아가 있었다. 유산균은 위에서 잘 죽는다. 한국인들도 그 사실을 알게 되었다. 그래서 빙그레는 캡슐을 씌웠다. 유산균을 캡슐 안에 넣어 살아서 장까지 가게 한다는 포부를 내세운 제품이었다. 엄마는 그때그때 행사를 하는 요구르트를 샀기 때문에 빙그레가 강한 판촉을 하는 주간에는 닥터캡슐이 우리 집에 왔다. 요구르트 안에는 정말로 작은 캡슐이 들어 있었다. 아주 작은 타피오카 펄 정도의 크기였다. 나는 평소에는 액체를 씹어 먹는 버릇이 없는데도 그걸 먹을 때는 왜인지 턱을 가만히 둘 수 없었다. 아마 그러면 안 된다는 걸 알아서였겠지. 역시 해야 하는 일이 되면 매력이 떨어지고 하지 말아야 하는 일이 되면 하고 싶어 미치겠다. 고로 빙그레가 곱게 싸둔 유산균은 아마도 나의 위장에서 전멸했을 것이고 다른 사람들에게도 비슷한 일이 일어났는지 닥터캡슐은 얼마 지나 형태를 바꾸었다.

*

성인이 되고는 유산균 영양제로 넘어왔다. 그리고 혼란이 시작되었다. 프로바이오틱스, 프리바이오틱스, 어디에 좋다는 무슨 유산균, 저기에 좋다는 다른 유산균, 한국인의 장에는 김치 유산균, 100억 마리, 300억 마리, 500억 마리? 아니 대체 얼마나 잘 죽길래 한 캡슐에 500억 마리나 넣지? 유산균의 먹이가 되어주는 프리바이오틱스를 위한 올리고당 어쩌구까지 읽고 항복했다. 나는 이 세계를 파악하기를 포기합니다. 너무 넓고 깊네요. 그래서 한동안 그냥 행사를 자주 하는 유명한 제품을 사 먹었다. 알아서 잘 만들었겠지 뭐. 그러던 어느 날 그 제약회사 회장 아들이 성범죄를 일으켰다는 뉴스를 보았다.

무슨 유산균 하나를 사 먹을 때도 이런 생각을 해야 하나. 바쁜 현대인이 할 수 있는 윤리적 소비는 대체 어디까지인가. 아득해서 거의 모든 시간 '잘 모르겠다'고 생각하지만 그래도 이건 너무 쉬운 일 아닌가. 매출을 월 2만 원 정도 떨어뜨려주겠어… 그리고 나는 유산균 공부를 다시 시작하기로 마음먹었다.

유산균은 종류가 엄청 많다. 균이기 때문이다. 이런 균, 저런 균이 얼마나 많겠는가? 하지만 광고에 절여진 우리에겐 모두 어딘가 익숙한 이름이다. 비피더스 유산균, 락토 머시기 유산균 등등. 그리고 나라에 따라, 사람에 따라, 식습관에 따라, 체질에 따라, 잘 듣는 유산균이 다를 것이다. 그래서 이런 카피가 나온다. 한국인의 장에는 김치 유산균!

일단 '프로'바이오틱스가 바로 유산균이다. 그리고 그런 유산균이 먹는 밥이 '프리'바이오틱스다. 밥을 먹어야 일을 하니깐. 둘 다 한꺼번에 들어 있는 제품도 많다. 그리고 닥터캡슐 에피소드에서 눈치챘듯, 유산균은 코팅이 중요하다. 유산균 전사는 장까지 살아서 가야 하기 때문에. 세상은 진화했고 유산균 코팅 기술도 진화했다. 많은 유산균의 상품 페이지에서 코팅 기술력 자랑을 볼 수 있다. 최근에 본 무엇은 듀폰-다니스코의 기술로 유산균을 감쌌다고 자랑했는데 내가 한 것도 아니면서 괜히 뿌듯하게 읽다가 잠깐 생각했다. 어, 듀폰, 어디서 많이 듣던 이름인데. 설마 세계 최대 화학 회사 중 하나인 그 듀폰일까…? 영화 〈폭스캐처〉의 스티브 커렐이 듀폰네 아들로 나오는데 설마 그 듀폰…? 스티브 커렐이 레슬러 채닝 테이텀을 가둬놓고 엉켜서 수상하게 씩씩거리던… 이상하고 좋았고 슬펐던 〈폭스캐처〉의 그…? 실화를 바탕으로 한 그 영화의 그 듀폰이 이 듀폰이었다. 그래, 나라도 화학 기술 있으면 유산균부터 감싸지. 얼마나 중요한 사안이야.

＊

그리고 떠돌았다. 유산균이라는 거대한 대륙을 말이다. 한동안 아이허브 일짱인 자로우포뮬러스 유산균을 먹었다가, 그다음엔 무려 냉장으로 유통되는, 한 병에 10만 원이나 하는 고급 유산균 드시모네를 먹어보았다가, 이마트에서 자주 행사하는 서울약사신협 유산균을 먹었다가, 올리브영에서 파는 덴마크 유산균을 먹었다가, 야쿠르트 맛이 난다는 진짜로 야쿠르트사에서 만든 가루 유산균을 먹었다가, 그렇게 오랜 모험을 했다. 하지만 외롭진 않았다. 학계도 이 드넓은 대륙을 함께 모험하고 있는 듯 보였기 때문이다.

최근에는 무려 유산균이 우울증에 좋다는 논문이 나왔다. 그게 무슨 소린가 하면, 인간이 행복을 느끼는 데 관여한다는 호르몬인 세로토닌의 분비에 장내 유산균이 활약을 한다는 얘기다. 이러니 나도, 학계도, 듀폰사도 가만히 있을 수 있겠는가. 유산균, 절대 살려야 한다.

요즘은 유산균을 섞어 먹는다. 국적도, 형태도 다양하게 먹는다. 미국과 일본을 섞었다가, 한국과 유럽을 섞었다가. 예를 들어 낮에는 서울약사신협 유산균을 한 포 먹고 저녁에는 자로우포뮬러스 유산균을 한 캡슐 먹는 식이다. 락토바실러스도 들어오면 좋고, 비피더스도 들어오면 좋잖아. 유익균은 종류가 많을수록 좋잖아. 다양성은 내 몸 속에서도, 몸 밖 세상에서도 멋진 일이니까. 그나저나 이 글을 위해 자료를 찾다가 유산균은 변비에 효능이 없다는 주장을 읽었다. 와, 진짜, 하바드 박사 당신이 뭘 알아!

하지만 질 유산균이라면

나는 쇼크를 받았다. 인터넷에서 '애들아, 질 유산균은 진짜로 돈고*에서 질로 들어가는 거야?'라는 글을 보았기 때문이다. 그게 무슨 해괴한 소리야. 유산균이 장을 통과해서 바깥세상에 나온 다음에 우연의 영역으로 무려 질로 들어가서 활약한다고? 그게 무슨 특전사 요원 임무 수행 같은 얘기야….

하지만 생각해보니까 그렇다. 장과 질은 이어져 있지 않다. 장이 끝나는 곳은 돈고, 그다음은 바깥 세계다. 유산균이 위를 거쳐 장에서 할 일을 하고 마지막으로 할 일은 화장실의 공기를 맡는 것이다….

믿고 싶지 않았다. 내 지식 대부분의 출처인 인터넷에서 본 '슬픔의 5단계'**에 따르면 인간은 충격을 받았을 때 처음엔 부정을 하고 그다음에는 분노하고 타협한 후 우울을 지나 마지막에 수용을 한다고 한다. 내가 그랬다. 질 유산균이 그럴 리가 없다. 얼마나 비싼데. 보통 유산균이 90개에 34,000원일 때 질 유산균은 30개에 29,000원이나 한단 말이다. 세 배다. 그러면 세 배 유능하겠지. 어떻게든 장에서 질로

---

  *   항문이라는 단어를 나름 귀엽게 표현해보려는 인터넷 세계의 노력의 일환.

  **   스위스 출신의 미국 정신과 의사 엘리자베스 퀴블러 로스가 1969년에 주장한 이론.

넘어가게 하는 기술을 적용했겠지. 나는 부정했다.

하지만 그 글은 진실이었다. 허위라는 증거를 찾고 싶었지만 그럴수록 진실이 더욱 강력해질 뿐이었다. 기업이 최선을 다해 우리를 홀리려고 만들어둔 상품 페이지 안에는 3퍼센트 정도의 진실과 97퍼센트 정도의 희망이 버무려져 있다. 일단 오래 먹었던 제품의 광고 페이지부터 보았다. 행복해 보이는 국적 불명의 백인 여성들 사진이 이어졌다. 장도 질도 건강해 보이는 느낌이었다. 질 유산균의 원리에 대해선 끝부분에 뭉개두었다. 그랬는데도 몇 통을 사는 동안 한번도 의문을 가진 적이 없었다. 좋으니까 이 정도 가격에 팔겠지. 저 여자들이 행복해 보이기도 하고.

다른 제품은 어떻게 해결했나 궁금해졌다. 어떤 제품은 정정당당하게 그 사실을 밝히되 귀여운 만화로 순화했다. 만화의 톤이 밝고 깔끔해서 어쩐지 납득해버렸다. 어떤 제품은 '그냥 장이 건강해지면 좋고… 장이랑 질은 붙어 있으니까 느낌적 느낌으로 질도 덩달아 건강해지는 그런 느낌 알죠' 이런 풍으로 적어두었는데, 느낌을 알긴 뭘 알아! 난 분노의 단계에 접어들었다.

하지만 또 자료를 계속 읽다 보니 납득이 전혀 가지 않는 건 아니었다. 이 읽기 어려운 문장은 아직 부정적 마음이 남아 있기 때문에 돌려서 말하게 되는 패턴이다. 그래, 완전히 모르겠는 건 아니지만…. 부정의 부정, 복잡한 심경.

하지만 여기 연구 결과가 있지 않은가. 먹은 여성이 먹지 않은 여성보다 무슨 확률이 어쩌구저쩌구라고 분명 써 있다. 표를 읽어도 알 수 없으니 뭐라 말은 못 하겠지만 훌륭한 선생님들이 이유가 있으니까 개발하고 또 승인했겠지. 그 놀라운 이동 방식도 안전하고 효과가 있으니 그렇게 했겠지. 문제가 있었으면 소송의 나라 미국에서 진작에 소송당했겠지! 나는 상당히 빨리 타협 단계에 다다랐다. 이렇게 과감하게 논리 점프를 한 이유는 내가 믿고 싶었기 때문이다. 질은 골치 아픈 기관이고, 그러니까 질에 좋다는 영양제는 실제로도 좋길 바라는 강한 희망이 있었다. 그리고 그런 마음이 질 영양제뿐만 아니라 많은 분야에서 인지 왜곡에 영향을 미치고 있겠지.

질과 자궁은 엄청나게 신경 쓰이는 기관이다. 이런 기관이 또 있나 싶다. 일단 한 달에 한 번 일주일 정도 피를 철철 내보내고 생리통으로 습격하는데 인간의 다른 장기에 비해 연구 결과가 적다. 생리통이라는 영역도 이렇게 많은 사람들이 주기적으로 겪는데 아직 의문점이 많다고 한다. 학계는 마치 공평한

듯 보이지만 그렇지 않다. 얼마나 많은 사람이 관심을 가지는가, 얼마나 펀딩이 되는가, 연구자 본인이 얼마나 그 주제에 관심이 가는가 등이 크게 영향을 끼치지 않을까. 논문 검색 사이트인 디비피아(DBpia)에 생리통을 키워드로 검색하니 2023년 가을 현재 114건의 검색 결과가 나왔다. 위염의 경우는 613건이다. 위염으로 고생을 하는 사람과 생리통으로 고생을 하는 사람의 절대숫자를 비교해봤을 때 어쩌면 후자가 압도적으로 클지도 모른다. 하지만 학계는 다른 논리로 움직인다. 학계는 진리에 대한 탐구심과 아름다운 마음 그리고 펀딩으로 이루어져 있는 듯 보이는데… 아니라면 죄송합니다.

그래서 내가 질 유산균 너를 사 먹었는데. 그냥 유산균보다 세 배 비싼 널 사서 하루도 빼먹지 않고 얼마나 오래 먹었는데 네가 나한테 이럴 수 있어. 너랑은 한동안 이별이야. 장바구니에서 질 유산균을 뺐다. 우울의 단계에 접어들었다.

미련이 남아 먹지 않기로 했는데도 가끔 검색을 했다. 네이버 지식인에 나 같은 사람이 많았다. "질 유산균 원리를 알았습니다. 그게 말이 되나요? 진짜인가요? 그게 효과가 있다고요?" 네이버 지식인에는 전문가들이 답을 해주는 제도가 있는데 전문 약사들도 복잡한 마음인 것 같았다. 한 약사가 내가 익히 본 내용, '그래요, 돈고가 맞습니다'라는 말을 의학적으로 깔끔하게 풀어 쓴 다음 마지막 부분에서 무너졌다. "저도 솔직히 혼란스러운데… 그냥 받아들이기로 했습니다…." 그렇다. 슬픔의 5단계에서 마지막 단계는 수용이다. 질 유산균과 함께하는 슬픔의 5단계는 나 혼자 통과하고 있는 것이 아니었다.

오쏘몰을 선물하는 마음

내가 싫어하는 내 모습을
좋아하게 만들어주는 사람이 있다면
절대로 놓쳐서는 안 된다.
-경기도 파주시 오지은

16년째 다니고 있는 미용실이 있다. 집에서 45킬로미터 정도 떨어져 있다. 처음부터 이렇진 않았다. 16년 전에 나는 홍대에 살고 있었고 미용실도 홍대에 있었다. 예약 시간 20분 전쯤 집에서 나가면 딱 맞았다. 지금은 늦어도 한 시간 반 전에는 나가야 한다. 나는 파주로 이사를 갔고 가게는 한남동으로 이사를 갔기 때문이다. 살다 보면 이렇게 된다.

계속 다니는 이유는 당연히 실력이 좋아서다. 게다가 마음이 잘 맞는다. 하나 더 나아가면 내 머리카락을 좋아하게 만들어준 첫 번째 사람이기 때문이다. 내 머리카락은 반곱슬인 데다 숱이 많았는데, 반에 한 명씩 있는 머리 묶다가 갑자기 고무줄 끊어 먹는 아이가 나였다. 핑- 하고 고무줄이 날아갈 때 참 난처했다. 가끔 누가 맞기도 했기 때문에.

미용실이라는 곳을 다니기 시작하면서 많은 얘기를 들었다. 대개 부정적인 얘기였다. 예전엔 매직

스트레이트라는 시술이 유행했다. 머리카락에 약품 처리를 한 뒤 넓은 고데기로 일일이 펴서 '생머리' 스타일을 만드는 과정이었는데 단순 작업이다 보니 주로 그 가게의 어린 직원이 맡곤 했다. 아마 그는 피곤했을 것이다. 일도 고된데, 이 손님은 머리숱이 더럽게 많다. 아까부터 팔이 너무 아파온다. 그래서 자기도 모르게 한숨이 나온다. 지금보다 넉살이 없던 나는 그때마다 내 머리카락을 조금 더 싫어하게 되었다. 숱을 치던 직원도, 이렇게 다루기 힘든 머리카락은 반드시 파마를 해야 한다고 힘주어 말하던 실장도 싫은 마음을 조금씩 보냈다. 뻗친 머리. 관리하기 힘든 머리. 고집 센 머리. 나에게 이 머리카락을 물려준 엄마는 본인의 머리카락을 '더러운 성질이 나오는 머리'라고 했다.

그러던 어느 날, 큰 기대 없이 홍대의 한 미용실에 갔다. 원장님은 이렇게 말했다. "머리카락이 너무 좋은데요. 이거 외국 사람처럼 스타일 나올 수 있어요." 그리고 구불구불한 내 머리카락이 더 살아나게 다듬기 시작했다. 내 머리카락은 마음껏 황야의 마녀(!)처럼 되었다. 그리고 공연 영상에 이런 댓글이 달리기 시작했다. '그거 어디 가서 무슨 파마 해달라고 해야 해요?' 나는 내 머리카락을 조금씩 좋아하게 되었다. 그 마음은 천천히 커져서 지금은 아주 많이 좋아하게 되었다.

　　설명을 하지 않아도 되는 것은 오래된 사이의 가장 큰 미덕일 것이다. 16년이 지나니 그는 머리카락을 넘어서 나라는 인간의 습성까지 알게 되었다. 자주 미용실에 오지 않으니 한동안 길러도 되게 잘라준다거나, 트리트먼트를 잘 하지 않으니 상한 부분은 거침없이 잘라준다거나, 하지만 질끈 묶기 편한 길이를 유지해준다거나, 드라이어를 잘 다루지 못하니 대충 선풍기 앞에 앉으면 되게 잘라준다거나. 그러다가 잘 보여야 되는 날이 있어서 "정확하게 4일 뒤에 가장 예뻐 보이게 잘라주실 수 있나요? 공연을 합니다…" 하고 말하는 뻔뻔한 나의 제안을 태연하게 받아들이고 정말 그렇게 잘라준다든가. 나는 의자에 앉아서 "오늘은 어떻게 헤드릴까요?" 하는 질문을 받으면 "걍…" 하고 웃은 다음 30분 정도 게임을 하거나 존다. 그리고 고개를 들고 거울을 보고 와, 매번 놀란다. 그는 매번 마음에 드냐고 묻고 나는 매번 너무 마음에 든다고 답한다. 이제는 안다. 이런 인연은 정말 귀하다는 것을. 그리고 그것도 안다. 귀하다는 마음은 물건으로 표현하면 좋다는 것을.

하지만 적절한 선물을 고르는 건 항상 어렵다. 처음엔 먹을 것을 떠올려보았다. 하지만 항상 손을 쓰고, 또 손님이 있는 매장에서 뭔가를 먹긴 쉽지 않을 것이다. 퇴근 후에 나눠서 집에 가져가기도 간단치 않다. 짐이 될 수도 있다. 음식이니까 상할 수도 있다. 식성에 맞지 않을 수도 있다. 그렇다고 장식품이나 책 등은 취향이나 취미를 더욱 탄다. 게다가 정말 원하는 것이라면 이미 가지고 있을 것이다. 애매한 걸 줬다가 쓰레기만 늘릴 수도 있다. 몇 가지 시도를 해본 다음 나는 오쏘몰에 정착했다.

✳

선물에 대해 들었던 말 중 가장 기억에 남는 것이 있다.

"선물은 내 돈 주고 사긴 조금 애매한데 받으면 기분 좋은 그런 게 딱이야."

옳거니. 그렇다면 오쏘몰이었다. 내 돈 주고 사긴 비싸지만 남이 사주면 기쁜 고급 비타민. 한 개씩 포장되어 있어 나눠 먹기도 편하다. 오늘 고된 날이었으니까 한 병씩 합시다! 하고 스태프 전원 오쏘몰 건배를 하고 원샷을 할 수도 있다. 물론 원장님이 집으로 고이 가져가 혼자 드실 수도 있다. 이미 나의 영역이 아니니 그건 한남동의 자율에 맡긴다.

오쏘몰에는 '비타민계의 에르메스'라는 별명이 있다. 한마디로 뭘 정리할 땐 항상 주접과 낯간지러움이 동원된다. 하지만 파괴력이 있다. 이보다 어떻게 더 잘 설명할 수 있을까? 나 또한 상자를 꺼내며 "원장님, 이거 오쏘몰, 이거 비타민계의 에르메스"라고 설명했고 선생님도 "오오오!" 하고 받았다.

그래서 두 달에 한 번꼴로 머리를 다듬으러 갈 때마다 오쏘몰 30개들이 한 통을 들고 간다. 오쏘몰 코리아가 이 글을 보면 싫어하겠지만 한국 가격과 독일 현지 가격의 차이가 커서 직구를 하고 있다. 나는 오쏘몰을 먹을 때의 뽕! 하는 느낌이 좋다. 실제로 그 뽕!이 내 몸에서 어떤 작용을 하는지는 잘 모르겠다. 순전히 찐한 맛에서 오는 뽕일 수도 있다. 하지만 마음은 몸을 지배한다. 내가 뽕이면 뽕인 것이다. 고마운 원장님 이하 스태프 선생님들이 뽕! 하길 바라는 마음, 그리고 그들이 실제로 그걸 먹고 왠지 뽕! 한 기분을 느끼는 것이 중요하기 때문에 2023년 8월 기준 직구 가격 78,000원쯤은 얼마든지 쓸 수 있다.

여행과 영양제

여행을 갈 때는 영양제를 어떻게 가져가냐는 질문을 들었다. 이렇게 기쁜 질문을 받다니. 나는 할 말이 너무 많고 흥분이 되어 헙 하고 숨을 들이마셨다. 그리고 오타쿠답게 우선 콧등의 땀을 닦았다. 정말 좋은 질문입니다….

세상에는 여행용 약통이라는 물건이 있다. 많은 곳에서 판매를 하는데 멋쟁이 패션 브랜드에서도 종종 판다. 약통도 쿨의 영역이 된 걸까? 내가 갖고 있는 것은 '니코앤드'라는 일본 브랜드가 한국에서 철수를 할 때 70퍼센트 할인으로 팔던 제품이다. 형광빛을 띤 녹색 플라스틱 통이고 두꺼운 하얀 마개는 물론 안전마개다. 알약 그림도 그려져 있고… 좌우지간 쿨하다. 캠핑 여행을 가서 저녁 무렵 몸을 나무 쪽으로 돌리고 뚜껑을 열어 알약을 하나 삼킬 때 친구가 "그거 뭐야?" 하고 묻는 신에 어울리는 투명한 녹색 통이다. 대답은 꼭 "아니 뭐 그냥 좋은 거"라고만 하고 씩 웃어야 한다. "어, 이거 글루타치온인데…" 이런 대답은 지양해야 할 것 같다. 정취가 떨어지므로.

하지만 쿨의 길과 실용의 길, 두 개의 길을 동시에 걷긴 쉽지 않다. 마음에 드는 약통을 샀지만 나의 근심은 해결되지 않았다. 나는 여러 종류의 영양제를 운반해야 하는데 한 손에 폭 감기는 귀여운 통 한 개로 어떻게 때운단 말인가? 비타민B 3알, 비타민C 4알, 프로폴리스 1알, 유산균 2알, 비타민D 1알만 해도 하루에 벌써 11알이다. 일주일이면 77알이다. 일단 한 통에 들어가지 않을뿐더러 다 때려 넣는다 해도 꺼낼 때 고생길이 훤하다. 오타쿠는 화가 난다.

　그래서 비닐 백을 샀다. 결론부터 얘기하자면 상당히 만족한다. 오타쿠는 성질이 급하다. 좋은 점을 빨리 말하고 싶어 한다. 그 비닐 백은 영양제 휴대용으로 나온 것이 아닌, 아마도 당신이 살면서 이미 접했을 그것이다. 인터넷 쇼핑몰에서 티셔츠를 샀을 때 가끔 들어 있는 작은 비닐 백, '리뷰는 사랑입니당 ~'이라고 적힌 포스트잇 옆에 놓인 비닐 백, 사탕이 두 개 정도 들어 있는 작은 지퍼락 같은 그 비닐 백!

　그 세계도 깊고 넓어서 나는 적당한 친구를 찾아 조금 헤맸다. 너무 작으면 몇 개 들어가지 않을뿐더러 꽉 찬 느낌에 마음이 조금 다급해지고 너무 크면 다 넣어도 어딘가 모자란 마음에 괜히 꾸역꾸역 더 담게 된다. 요는 안정감이다. 그리고 몇 번의 시도 후 나는 그런 내게 적당한 사이즈의 지퍼 백을 만났다. 내가 만났다면 당신도 만날 수 있겠지. 아, 그나저나 작은 지퍼락 같은 비닐 백이라고 말했지만 지퍼락에서는 아직 그런 제품을 만들지 않는 것 같다. 그러니 마트 매대에서 찾지 말고 간편하게 인터넷으로 구입하길 바란다. 덕질은 발품!

*

여행 가기 전날 밤, 짐 가방을 열고 가장 먼저 하는 일은 영양제를 챙기는 것이다. 이번 여행에는 뭐가 필요할까. 어떤 친구와 함께할까. 여행 서랍에서 비닐 백을 꺼내며 이번 여행의 1티어 영양제를 정한다. 이동이 많은 여행인지. 머리를 많이 쓰는 여행인지. 푹 쉬는 여행인지. 그리고 하루에 몇 개꼴로 넣으면 좋을지 개수를 센다. 보통 이틀치 정도를 더하곤 하는데 예를 들어 일주일 일정이라면 9일치를 담는다. 왜냐면 하루 일정을 마치고 자기 전 침대 위에서 비닐 백을 꺼내 약을 손바닥에 올리는 순간 놓쳐서 또르르 먼지 가득한 침대 밑으로 굴러 들어가는 그런 상황이 벌어질 수 있기 때문이다. 심지어 두 번 정도 벌어질 수 있기 때문이다.

비닐 백에 넣은 다음 네임 펜으로 영양제 이름을 적는다. 사실 모양만으로 구별이 가능하지만 만약의 경우를 대비하여. 그리고 전부 모아 한 파우치에 넣는다. 그럼 통통한 파우치가 하나 생긴다. 그 파우치는 내 여행의 든든한 파트너다. 그리고 완전한 하나의 세계다. 내가 지금 뭘 중요하게 생각하는지 고스란히 담겨 있는 세계. 철저한 취향의 세계. 굳이 없어도 될 것을 가장 먼저 챙기는 여유의 세계. 내 작은 트렁크에 가장 먼저 들어가는 어떤 마음의 결정체.

마지막으로 한 여행은 제주도로 간 일주일짜리 북토크 여행이었다. 평소 먹던 1티어 영양제가 그대로 들어갔다. 유산균, 프로폴리스, 비타민B, 비타민C 이런 친구들. 아, 오쏘몰도 사흘에 한 번꼴로 먹을 수 있도록 챙겼다. 막판에 친구가 오기로 해서 모든 것을 조금 더 챙겼다. 친구가 먹고 싶을 수도 있으니까. 신나게 저녁밥을 먹고 숙소의 침대에 늘어졌을 때 딱 한 번 은은하게 무심하게 권했다. 영양제 먹을래? 친구는 먹던 것이 있다며 거절했고 나는 전혀 상처받지 않았다. 영양제는 어디까지나 나만의 사치… 덕질이니까!

젤리 비타민과 어른이 된다는 것

친구를 만날 때 힙한 카페나 식당이 아닌, 누군가의 집에서 만나는 일이 잦아졌다. 몇 가지 이유가 있을 텐데 우리의 경우엔 일단 눕고 싶다는 것과, 딥한 애기를 갑자기 불쑥 하게 될지도 모른다는 것과, 가게의 눈치를 보지 않고 오래 놀고 싶다는 것 정도인 것 같다. 나 혼자만 그렇겠지만 누군가를 성토하고 싶을 때 실명으로 고래고래 하고 싶다는 이유도 있다⋯.

그날은 이랑이의 집에서 모였다. 나에겐 이랑이라는 이름의 친구가 둘 있는데 식물을 아주 잘 키워 대지의 신이라는 별명이 있는 임이랑(밴드 디어클라우드의 베이시스트이자 작가)과 준이치라는 아주 귀여운 고양이랑 지내는 이랑(싱어송라이터이자 작가)이 있다. 편의상 후자를 랑리라고 부르겠다. 이랑이의 초록초록한 예쁜 집에 나와 랑리와 팟캐스트 〈영혼의 노숙자〉를 진행하는 셀럽 맷이 모였다. 이렇게 모이기는 처음이었다. 약간의 기분 좋은 어색함을 느끼며 차례로 손을 씻고 테이블에 앉은 우리에게 이랑이가 말했다. "영양제 젤리 먹을래?"

*

젤리 비타민이 싫었다. 굳이 비타민을 젤리로

먹어야 하나? 간단하게 알약으로 먹으면 되는데? 젤리는 이빨에 달라붙는데? 그럼 이 닦고 밤에 자기 전에 먹기도 애매한데? 비타민 젤리니까 맛도 없지 않을까? 맛있자고 만든 다른 젤리가 훨씬 맛있겠지. 알약에 비해 효능도 떨어지지 않을까? 그러니까 절충이 싫었던 것이다. 비타민이면 비타민이고 젤리면 젤리지. 각자의 역할에 최선을 다하는 외길 인생이 좋아 보였다. 그쪽이 훨씬 믿을 수 있는 퀄리티를 낸다고 생각했다.

하지만 사람의 생각은 바뀐다. 절충이라는 개념은 참 멋지다. 외길이라니. 왜 길을 미리 정하는가. 한 가지 방향을 정한다는 것은 동시에 한계를 정하는 것일 수도 있다. 그리고 어떤 의미에서는 오만일 수도 있다. 무엇을 알고 정해버리는가. 그건 내가 세상을 볼 때도, 세상이 나를 볼 때도 마찬가지다. 나는 젤리 비타민의 무엇을 알고 그렇게 판단했는가. 쌍길 인생에도, 쌍쌍쌍길 인생에도 진정성은 있을 수 있다.

어느새 나는 젤리 비타민을 이렇게 생각하게 되었다. 젤리는 귀엽다. 맛있다. 쫀득하다. 달기도 하고 시기도 하다. 가끔은 두 가지를 동시에 한다. 그런 알록달록 깜찍이에게 영양 성분까지 들었다고? 젤리 비타민은 선녀다.

그날 이랑이가 꺼낸 젤리는 다섯 종류였다. 첫 순서는 콜라겐 젤리였는데 나도 모르게 "이거 맛있어? 맛없는 거면 안 먹을 거야" 하고 말했다가 랑리에게 한 소리 들었다. "어휴 공주!"

우리는 비스듬히 누워 수다를 떨며 말과 웃음 사이에 젤리를 집어 먹었다. 요즘 부쩍 머리카락 가늘어졌으니까 비오틴(딸기 맛), 안정제는 수시로 필요하니까 CALM*(라즈베리 레몬 맛), 햇빛 항상 부족하니까 비타민D(복숭아 체리 맛), 생기 원하니까 비타민C(오렌지 맛), 그리고 결국 맛있어서 끝까지 냠냠 먹었던 콜라겐(석류 맛). 효과야 있으면 고맙고 아니면 말고. 일단 우리가 재미있었고 또 맛있었으니까.

결국 집에 돌아갈 때 이랑이는 가장 반응이 뜨거웠던 CALM을 지퍼 백에 담아주었다. 어쩌면 예전의 나, 또는 예전의 이랑이는 그렇게 하지 못했을 것이다. 쿨한 어른은, 쿨한 예술가라면 친구들을 만나면 이런 것 말고 다른 걸 꺼내고 주고받지 않을까? 예를 들어 무슨 시집이나, 무슨 비로도 천으로 된 에코

---

*   내추럴 바이털리티사의 젤리. 마그네슘이 주 성분이고
     근육을 이완시켜 평온함을 선사한다고 한다. 그들의 주장에
     따르면.

백이나, 무슨 다른 어떤….

그렇게 스스로 만든 제한이 있었다. 나는 그랬다. 멋있는 사람은 이런 것 안 할 거야, 하고 자신을 검열했다. 이젠 그런 것 덜 하고 싶다. 멋진 어른이 되는 것은 멋진 어른에 대한 개념이나 집착이 사라지는 것일지 모르겠다고 생각했다. 나는 이랑이가 준 빨간 젤리를 소중히 집에 가지고 왔다. 맛있으면 나도 사야지. 안정이 되었는지는 모르겠지만 이거 먹고 기분 좋으면 그게 안정이니까. 맛없으면 안 살 거야. 아무래도 공주니까.

엄마들의 영양제―초록홍합을 통해 바라본

비행기 안에서 심심함이 극에 달했을 때 하는 행동이 있다. 의자 앞에 있는 두꺼운 기내 면세품 카탈로그를 정독하는 일이다. 이제는 대충 순서도 안다. 처음에는 위스키가 나오고, 그다음에 화장품이 나오고, 상당히 괜찮은 가격으로 보이는 크림 두 개 세트가 나오고(하늘 위에 있으니 싼지 비싼지 알 수가 없다!) 사람들이 대충 선물로 뿌리기 좋은 립밤 3종 세트가 나오고, 목걸이가 나오고, 스카프가 나오고, 만년필이 나오고, 여행용 어댑터가 나오고, 뱅앤올룹슨 이어폰이 나오고, 항공사 마스코트 인형이 나오고 마지막에 반드시 그것이 나온다. 초록홍합.

초록홍합은 언제 그렇게 한국인에게 침투했을까. 어떻게 항공사 카탈로그를 시바스리갈로 시작해서 초록홍합으로 끝낼 수 있게 했을까. 초록홍합이란 뭘까.

뉴질랜드에 여행을 갔을 때 처음으로 그 존재를 알았다. '마오리족에게는 관절염이 없습니다. 마오리족은 무릎 통증을 모릅니다.' 이렇게 강력한 카피라니⋯. 하지만 영양제 통에 그려진 것은 내가 아는 그 홍합이었고, 홍합은 탕으로 만들면 정말 맛있지만 그렇게까지 기적의 무엇일까⋯ 싶어 내려놓았다. 하지만 몇 년 뒤 경상남도 양산에 살고 있는 엄마가 어느 날 보낸 카톡으로 생각이 달라졌다. "지은아 초록홍합이 좋다더라. 직구 좀 해줘. 내 친구들이 다 먹더라."

그렇다. 마오리족의 관절염 진위 여부를 떠나서 초록홍합은 이미 저 너머에 있는 물질이었던 것이다. 그곳은 믿음의 영역이었다. 무릎이 아픈 엄마와 엄마 친구들이 공유하는 믿음. 관절염 세계의 절대 강자. 마치 마오리족의 강렬한 표정처럼, 흔들림이 없는.

나는 재주꾼 딸이니까 관세가 부과되기 직전 아슬아슬한 금액까지 구매하여 엄마 집으로 바로 배송시켰다. 이런 건 꽉꽉 채워 보내야 두고두고 누구 엄마와 누구 엄마에게 자랑할 수 있으니까. 결제 후에 성분을 찾아봤다. 뭐가 들었길래 누구 엄마께서 그렇게 극찬을 한 걸까. 얻어먹어본 우리 엄마의 마음을 어떻게 사로잡을 수 있었나. 정말 마오리족에겐 관절염이 없는가.

네이버에서 찾아보니 또 여에스더 선생님의 제품이 상단에 나왔고 이쯤 되니 경외심 비슷한 마음이 들었다. 한국인이 걷는 길 모퉁이마다 "한번 보고 가세요" 하며 웃고 계시는 선생님. 하지만 내가 원하는 정보는 영어 웹에 있을 것 같아 엄마에 대한 사랑으로 뇌를 좀 사용하기로 했다. 초록홍합에 대한 몇 개의 논문과 웹페이지에서 읽은 내용을 공유한다.

간략하게 얘기하자면, 초록홍합에 든 성분의 이름은 리프리놀이다. 리프리놀에는 항염 작용이 있지만 인체 실험 결과가 부족하다(영양제 세계에선 흔한 얘기다). 뉴질랜드에서는 리프리놀 성분을 홍보한 제약회사가 과대광고로 기소를 당해서 벌금이 부과된 적이 있다. 하지만 뉴질랜드의 초록홍합 산업은 2009년 기준 2억 5천만 뉴질랜드 달러, 한화로 2천억 원 정도나 된다.

이쯤 되면 순진하지 않은 어른은 마음의 방향을 정할 법하지만 나는 희망을 원했다. 그쪽으로 가고 싶었다. 아마도 초록홍합을 키우는 뉴질랜드 어민의 마음과 비슷할지도 모른다. 또는 어민의 딸 또는 아들로 태어나 과학자가 되어 초록홍합을 연구하는 어떤 뉴질랜드 학자의 마음과도 비슷할지 모른다. 어떤 상황이 하나 있다면 해석하는 시각은 다양하다. 이렇게도 볼 수 있고 저렇게도 볼 수 있는 것이다. 나는 차가운 논문이 아닌 대대로 관절염이 걸린 적이 한번도 없는 마오리족의 인터뷰 같은 것이 보고 싶었다.

집요하게 찾다 보니 전래동화 같은 얘기가 하나 보였다. 초록홍합이 유명해진 계기에 대한 얘기였는데, 무려 나사(NASA)에서 전 세계를 뒤지며 항암물질을 찾다가 초록홍합의 엄청난 항염 효과에 감명을 받았다는 내용이었다. 그리고 실제로 마오리족의 관절염 발병률이 내륙 사람들보다 낮다는 연구 결과도 찾았다.

하지만 팩트 체크를 할수록 나사 얘기는 정말 전래동화가 맞는 것 같았고(일화마다 발견 연도가 전부 다를뿐더러 초록홍합 판매 페이지에만 적혀 있기 때문에) 마오리족의 관절염 얘기는 맞는 것 같았지만 모든 영양제가 처하는 새드 엔딩에 다다를 수밖에 없었다. 그렇다 해도 그게 초록홍합 덕분임은 어떻게 증명하겠는가… 대규모 메타 연구를 하지 않는 한….

그렇다고 엄마에게 전화를 해서 "엄마, 초록홍합 그거 그냥 홍합이야. 딴거 사 먹어. 홍합은 탕으로 먹어" 따위의 말을 하지 않을 것이다. 학자들이 메타 연구 결과가 나오기 전에는 믿을 수 없다는 말을 하는 동안에도 우리 엄마는 계속 나이를 먹을 것이고 엄마의 무릎은 더 약해질 것이다. 엄마가 원하는 제품이 초록홍합을 지나 다른 무언가로 바뀐다 해도 그때마다 나는 관세 부과 기준에 닿기 전 아슬아슬한 금액까지 직구를 하는 야무진 딸이 되어서 엄마의 기를 세워 줄 것이다. 그 과정에서 엄마는 왠지 무릎이 덜 아프다고 생각할 것이다. 그러다 리프리놀과 영양제 안에

깃든 마오리의 수호신이 기적처럼 엄마의 고통을 덜
어주기까지 하면… 최고니까.

리포조말 비타민과 신기술

"리포조말 비타민 알아? 요즘 여기서 유행 중이야."
뉴욕에 사는 친구가 불쑥 카톡으로 말했다. 앞뒤도
없이 갑자기 훅. 어떤 사람이 사는 곳과 말의 신뢰도
는 직접적으로 연관이 없는데도 뉴욕에 사는 친구가
꺼낸 영양제 얘기는 왜 마음에 훅 들어오는지 모르겠
다. 브루클린에 사는 너의 예술가 친구들, 심지어 그
귀신 같은 뉴욕에 자리잡은 친구들이 그렇게 말한다
이거지? 나는 어디가 좋냐는 질문도 없이 바로 한 병
을 주문했다.

코스메 데코르테라는 화장품 브랜드가 있다. 리
포솜 크림이라는 게 제일 유명한데 나는 리포솜을 막
연하게 무슨 분자 어쩌구 근처의 이야기라고만 생각
했다. 어떻게 일일이 깊게 파고들겠는가. 소비자는
그냥 꿈을 꾸면 된다.

분자 어쩌구는 화장품 회사들의 숙명의 상대이
다. 사람들은 이미 얼추 눈치챘기 때문이다. 마치 유
산균이 위장에서 거의 죽는다는 걸 알아버린 것처럼
화장품의 영양 성분도 피부 안쪽 진피층까지 전달되
지 않는다는 것을…. 그건 분자 구조 때문이라는 것
을…. 아무리 비싼 크림도 아무리 정성껏 문질러도
결국 피부의 진짜 안쪽까지 닿지 못한다는 사실을….

하지만 화장품 회사들의 도전 또는 그저 소비자가 돈을 쓰게 하기 위한 미끼 만들기는 계속된다. 사실은 우리도 원하기 때문이다. 눈 가려져서 같이 아웅 하고 싶다. 28,000원짜리 크림으로 놀라운 피부 얻고 싶다. 정확하게 말하면 그런 가능성을 사고 싶다. 그중 기침 좀 하는 친구가 바로 위에서 말한 리포솜이었다.

그나저나 리포솜이라는 개념은 왜 두산백과를 읽을 땐 이해가 가지 않던 것이 코스메 데코르테 광고 페이지를 보면 이해가 가는가. 결국 의지의 차이인가. 내 주머니에서 돈을 꺼내겠다는 화장품 회사의 의지와 그냥 뭐 알아두면 좋겠지 하는 백과사전의 의지의 차이. 여하튼 찾아보니 리포솜은 예상대로 작은 마이크로캡슐 어쩌구였다.

화장품 업계처럼 영양제 업계도 최근 흡수율에 신경을 많이 쓰고 있다. 결국 우리가 알아버렸기 때문이다. 아무리 좋은 것을 먹어도 거의 소변으로 배출된다는 사실을…. 그래서 제약업계는 "아니, 고객님 그게 아니라니깐요! 이 신기술이 끝내줍니다! 믿어보세요!" 하고 갖은 기술로 우릴 설득하기 시작했다. 그 기술이 바로 리포솜이고 그렇게 코팅한 비타민이 리포조말 비타민인 것이다! 맙소사!

그리고 바다를 건너 나의 리포조말 비타민C가 도착했다. 그냥 비타민C보다 두 배 정도 비쌌는데 그 명목은 '비타민C 마깥에 인지질*을 씌워서 몸이 그걸 세포라고 생각하게 해서 장을 통과하여 흡수되도록 만든다'는 것이었다. 엄청난 위장 침투 미션이다. 마블의 영웅, 블랙 위도우 수준이다. '딱 봐. 나 인지질이잖아. 나 비타민C 아니잖아. 그러니까 내보내지 말고 흡수해.'

참으로 극적인 설정의 비타민이다. 이 정도 되어야 브루클린 사람들이 웅성웅성하나 보다.

한편, 비타민뿐만 아니라 다른 필드에서도 우리의 주머니를 털기 위한 신기술은 계속 도입되고 있다. 그중 요즘 가장 눈에 띄는 기술은 필름이다. 영양제를 필름 형태로 만들어 입천장에 붙이자는 얘기다. 처음 들었을 땐 왜 그렇게까지 해야 하나 싶었지

---

* 대한민국 생화학 분야에서 가장 오랜 역사를 가진 학술 단체인 생화학분자생물학회의 설명에 따르면 인지질은 '생체막의 주요 성분으로 인을 포함하는 지질의 일종'이라고 한다. 그러니까 나는 그 지질이 무엇인지 모르겠다는 것이지만… 이쯤에서 멈추고 싶으므로 더 관심이 가는 분은 생화학분자생물학회의 생화학백과를 참조하길 바란다.

만 자본주의는 점막이라는 신박한 개념을 꺼내 날 설득하기 시작했다. '너도 알지? 위랑 장이랑 오히려 영양소 흡수 안 하고 배출시키잖아. 그러니까 쓸데없는 데서 고생하지 말고 그냥 점막으로 바로 받아들여버리면 되잖아. 점막으로 흡수하면 바로 혈관으로 가는 거 알지?' 위랑 장, 소화 뭐 이런 거 거칠 필요 없는 거 알지? 저럴 때 듣는 "알지?"가 제일 위험하다. 사실 모르는데 아는 척하고 싶어서 빨리 고개를 끄덕이게 되기 때문이다.

현재 필름을 가장 열심히 활용하고 있는 영양제는 글루타치온이다. 나는 사실 글루타치온이 뭔지 잘 몰랐다. 하지만 영양제에 별 관심이 없어 보이는 젊은이 뮤지션들에게 무슨 영양제를 먹는지 물어보니 언젠가부터 글루타치온을 먹는다고 답하기 시작했다. 유행이구나. 뉴욕의 리포조말 비타민처럼. 그럼 파악을 해야지. 곁을 내줄지 말지 정해야지. 한 명의 영양제 괴짜로서.

아, 참고로 미국에서 온 멋진 리포조말 비타민C는 먹고 보니 전혀 차이를 모르겠어서 다시 사지는 않았다. 그래도 우리, 좋은 시간 보냈겠지? 나한테 나름 잘해줬겠지. 인지질을 둘러쓰고 말야! 고맙고! 바이 바이!

리뷰의 세계—왠지 그런 것 같아요

열 길 팩트는 지나쳐도
한 길 리뷰에 홀리는 것이
사람의 마음이다.
-경기도 파주시 오지은

기업과 소비자의 전쟁은 치열하다. 다르게 얘기하자
면, 돈을 벌려는 사람과 돈을 쓰는 사람 사이의 전쟁
은 치열하다. 배달의민족만 해도 그렇다. 식당 입장
에선 최대한 맛있는 식당으로 보이고 싶다. 그래서
쿠폰을 뿌린다. 뭐니 뭐니 해도 가장 중요한 것은 리
뷰이벤트다. 찜 해주시고 별 5개 남겨주시면 서비스
로 만두를 드려요.

　　한편 간파하고 싶은 소비자의 열망도 크다. 소
비자도 알고 있다. 어차피 배달 음식이다. 적당히 맛
있으면 된다. 하지만 그 와중에 조금, 아주 조금 더 맛
있었음 좋겠다. 착한 사장이 양심껏 만든 좋은 재료
의 음식이었으면 좋겠다. 하지만 납작하고 작은 핸드
폰 화면에서 그것을 어떻게 구별할 수 있을까? 그래
서 만두를 받기 위해 사람들이 적은 별 5개 리뷰 사이
에서 일말의 진정성을 찾는다.

　　팔고 싶은 사람과 사는 사람의 끝나지 않는 싸

움. 그리고 그 가운데에 서 있는 이미 산 사람의 오묘한 미소. 그 미소는 진짜일까, 가짜일까. 그 싸움은 영양제 시장에서도 벌어지고 있다.

어떤 영양제에 관심이 가서 네이버에 검색을 해보면 먼저 '파워링크'가 뜬다. 큰돈을 써서 맨 윗줄 자리와 볼드체를 얻은 제품들이다. 개인의 견해지만 광고 효과는 사실 잘 모르겠다. 나처럼 의심이 많은 사람은 오히려 맨 윗줄을 거르기도 하기 때문에. 하지만 전문가들에겐 데이터가 있겠지. 나 같은 한 명이 거르고 999명이 기꺼이 누를지도 모른다.

마우스를 몇 번 더 굴리면 대망의 '네이버쇼핑' 섹션이 나온다. 오랜 시간 네티즌으로 살아온 한 명으로서 여기가 주인공 자리라고 생각한다. 8개의 제품, 8개의 사진, 이들이 바로 오늘의 8대 천왕이다. 파워링크가 고작 한 줄로 자신을 표현한다면 여기는 다르다. 제품 사진은 물론이고 최저가 8,250원, 찜 9,415. 별점 4.8. 리뷰 개수 9,999+, 본사직영… 현란하다. 여기가 자본주의의 꽃이다.

이쯤에서 대부분의 게임은 끝나겠지만 조금 더 보는 사람들이 있다. 나 같은 사람들이다. 그들을 위해 준비한 세컨 임팩트, 욘석 이쯤엔 넘어가겠지! 하는 코너가 바로 그 아래, 최근에 생긴 '쇼핑 라이브

기획전'이다. 당일배송. 오늘할인. 최대혜택. 기획특가. 홈쇼핑에 홀리는 사람의 마음을 포털사이트가 가져가겠다는 선언이다. 나중에 생각나면 사지 뭐, 하고 빠져나가려는 소비자의 마음을 귀신같이 읽고 그들은 이렇게 말한다. 주말특가인데요? 주말 곧 끝나는데요? 이런 혜택 다시 만나시려면 고객님 한참 기다리셔야 하는데요? 아시죠? 저희 행사 잘 안 하는 거? 이만큼 챙겨드리는 거 다 고객님 사랑에 보답하는 건데요? 바로… 지금만?(찡긋)

그래도 넘어가지 않는 사람들이 있다. 나 같은 사람들이다. 그런 우리를 위해 포털이 마지막으로 준비한 필살기가 바로 이것이다. '내돈내산 리뷰 상품'. 지금까지 대충 스크롤을 내렸던 나도 왠지 여기는 정독하게 된다. 왜냐하면 말이 매력적이기 때문이다. "달달해서 아이가 잘 먹습니다", "건강해지는 느낌입니다", "꾸준히 먹고 있습니다". 기업은 이렇게 말할 수 없다. 기업이라면 아마도 좀 더 그럴듯하게 말해야 할 것이다. 매력적인 카피(하지만 과대광고로 과징금을 먹지 않을 정도의), 과학적인 근거나 데이터, 판매량 등을 꺼내야 할 것이고 그 그럴듯함에 우리는 단단히 질려버렸다. 그런 말을 읽으면 분명 읽었는데도 방금 뭘 읽었는지 모르게 그냥 슥 하고 지나간다.

하지만 리뷰는 어떤가. 나는 저 리뷰가 본사 내부에서 작성되었을 것이라고 생각하지만 그와 상관없이 마음이 움직이는 것을 느낀다. 서울 마포구 망원동에 거주하는 어떤 46세 여성이 "꾸준히 먹고 있습니다"라고 적었을 것을 생각하면 그의 성실한 삶을 믿고 왠지 사고 싶어진다. 뭉클해진다. 건강한 삶을 향해 그와 같이 걷고 싶다. 그리고 동시에 생각한다. 내돈내산은 이제 완전히 광고인들의 단어가 되었구나.

눈 뜨고 코 베이는 잔잔한 기쁨. 그리고 '왠지 그런 것 같은' 기분에 젖는 안락함. 무비판적으로 받아들이는 행위의 달콤함. 이게 영양제 쇼핑의 맛이지.

항산화와 글루타치온

앞에서 소개한 대로 영양제 전쟁터에서 요즘 가장 두각을 나타내는 제품은 그렇다, 바로 글루타치온이다. 검색을 해보니 수많은 제품이 이미 리뷰 9,999+개를 뿜내고 있었다. 나만 먹지 않는 것 같았다. 관련 동영상 영역에서도 의사 또는 약사 가운을 입은 사람들이 밝은 표정으로 글루타치온의 장점을 설파하고 있었다. 최고의 항산화 성분, 간 해독 끝판왕, 활성산소를 제거하는 다양한 효능, 독소 배출과 중금속 배출에 도움을 주는 바로 그 성분이 글루타치온. 마치 그리스 로마 신화에 나오는 영웅의 이름 같다. 인류를 구해줄 단 하나의 황금 열쇠를 쥔 영웅은 바로바로 글루타치온⋯!

그래서 찾아보았다. 심드렁하게. 나는 살면서 꽤나 많은 영웅을 보았다. 한때는 클로렐라가 인류를 구원한다고 했다. 한때는 스피룰리나였다. 한때는 무려 게르마늄 팔찌였다. 항상 무언가는 반짝이고 시간이 지나면 다른 것으로 대체된다. 가끔은 효과가 없었던 것으로 밝혀져서 열광했던 마음 한구석을 무안하게 만든다. 그런데 글루타치온은⋯ 찐이었다.

tvN의 〈명의들의 경고〉에 나온 말도, TV조선의 〈굿모닝 정보세상〉에 나온 말도, JTBC의 〈위대한 식탁〉에 나온 말도 진짜였다. 약사 유튜버들이 한 말도 맞았다. 몸속에서 나쁜 활성산소를 몰아내고 중금속을 배출하는 대견한 친구가 바로 글루타치온이었던 것이다….

*

항산화라는 말이 있고 활성산소라는 말이 있다. 이 분야에 별 관심이 없는 사람도 오가다가 들었을 것이라고 생각한다. 활성산소는 나쁜 짓을 하지 않아도 그냥 살다 보면 생기는 것이다. 원죄 같은 것이라고 할 수 있다. 활성이라는 말도 멋지고 산소라는 말도 멋지니(〈산소 같은 너〉라는 노래도 있으니까) 처음에는 활성산소가 좋은 것인 줄 알았다. 하지만 아니었다….

활성산소가 이렇게 지탄받는 이유는 노화와 관련이 있기 때문이다. 수명이 크게 늘어난 현생인류가 가장 싫어하는 것, 그것은 바로 노화다. 그다음으로 싫어하는 것은 암인데 활성산소는 암과도 연관이 있다고 한다.

하지만 몸을 구성하는 많은 요소가 그렇듯 나쁜 것만은 아니고 몸의 면역체계에도 관여한다. 쓰임새가 있는 것이다. 하지만 불안정한 친구라 그만 DNA

를 손상시키고 만다. 그 부분이 심란한 점이다.

그래서 인류는 많은 노력을 했다. 활성산소를 잡기 위해서 또는 잡는다는 느낌을 주기 위해서. 그 과정에서 돈을 벌기 위해서. 거기서 항산화라는 말이 나온다. 산화를 막는 것이다. 깎아둔 사과가 갈색으로 변하는 것을 막듯이, 활성산소를 억제하고 항산화를 시켜주는 황금 열쇠를 찾기 위해 엄청난 노력을 했다. 그래서 세상에는 엄청난 길이의 항산화제 리스트와 항산화 물질이 듬뿍 든 음식 리스트가 있다. 그 말은 어떤 것도 절대적이지 않다는 얘기다.

나는 결국 하버드대학의 홈페이지에 들어가게 되었다. 내가 영양제의 정보를 얻기 위해 하버드 대학의 홈페이지에 들어갈 때는 대충 이런 기분일 때다. '약간 기분이 나빠질 우려가 있지만 그래도 옳은 말을 하는, 남 눈치 안 보는 친구랑 말하고 싶어.' 거기에는 과연 항산화라는 개념에 대한 쓸 만한 정보가 명확하게, 단호하게 적혀 있었다.

하버드대의 설명에 따르면,[*] 항산화라는 개념은 1990년대부터 유행하기 시작했다. 수많은 항산화

---

[*] https://www.hsph.harvard.edu/nutritionsource/antioxidants/

제가 쏟아져 나왔지만 사실 의학적으로 놀라운 결과
는 없었다. 그래도 제약회사, 식품회사, 대중이 항산
화제로 달려가는 경향을 막지는 못했다고 한다. 바로
이런 부분이 하버드짱의 특징이다. '그거 의학적 근
거도 없는데 또 굳이 찾아 먹니? 대중들이란….' 절레
절레하며 작은 한숨을 쉬는 똑똑한 하버드짱.

　　하버드 소속 석학들이 추천하는 가장 좋은 항산
화 방법은 의외로 음식을 잘 챙겨 먹는 것이었다. 하
지만 『동의보감』에서도, 고대 그리스 로마 사람들도
계속 하던 얘기이니 의외가 아닐 수도 있다. 영양제
가 아닌 음식을 추천하는 이유는 바로 복합성 때문이
다. 어떤 음식 안에 들어 있는 다양한 영양소가 서로
의 흡수를 돕고 효과를 증폭시키는 반면, 한두 가지
성분만 든 영양제는 결국 제 힘을 발휘해줄 수 없다는
얘기였다. 그러니까 어떤 팀이 잘하는 듯 보인다면
눈에 띄지 않는 팀원들의 힘이 사실 크다는 얘기 같았
다. 스타플레이어 한둘의 힘만으로는 경기에서 이길
수 없는 것처럼!

　　하버드짱이 이렇게 입바른 소리를 할 수 있는
건 결국 펀딩 없이(또는 비교적 적게) 돌아가는 학교
라서일까. 그런 하버드짱의 추천 음식은 다음과 같
다. 브로콜리. 멜론, 딸기, 아보카도, 아스파라거스,

사탕무, 브라질너트, 병아리콩, 블루베리, 고구마, 감귤…. 저 중에 내가 배부르게 먹을 수 있는 건 고구마와 감귤 정도인데, 그것도 가을과 겨울밖에 먹을 수 없다는 것이 애석하다.

그래서 우리는 계속 영양제를 사는 것이 아닐까. 매 끼니 신선한 사탕무와 병아리콩, 브로콜리를 먹은 후 후식으로 멜론과 블루베리를 먹고 간식으로 브라질너트를 먹을 수 없기 때문에. 대체 누가 나를 위해 브로콜리를 데치고 브라질너트가 떨어지지 않도록 찬장에 쟁여두겠는가. 그 돈과 여유는 어디서 나오는가. 나는 월 3만 원 정도로 해결하고 싶다. 브라질너트 두 봉지 가격으로 어떤 항산화 물질이 너그러운 마음으로 내 몸 안의 활성산소를 7만 원어치 정도 없애줬으면 좋겠다. 그것이 서민의 욕망이다.

서민의 욕망은 시대에 따라 바뀐다. 그 이유는 새로운 시대가 새로운 욕망을 만들어두기 때문이다. 어떤 때는 마른 몸, 어떤 때는 풍만한 몸, 어떤 때는 병약한 아름다움, 어떤 때는 건강한 생기. 누군가가 새롭게 열광할 거리를 만든다. 왜냐하면 새로운 기운으로 새롭게 돈을 써주길 바라니까. 올해는 아무래도 글루타치온인 듯하다. 글루타치온 필름을 입안에 붙이면 하얀 피부와, 맑은 기운과, 젊어 보이는 효과를 얻는다고 그들은 말한다. 그게 가능하든 그렇지 않든 사실 상관없다. 욕망의 본질은 허상이니까.

나는 아직 글루타치온*을 사진 않았지만 어느 주말 눈에 띄는 주말특가에 허겁지겁 살 수도 있지. 충성하게 될 수도 있지. 나도 모르지 뭐.

---

* 글루타치온을 대체 누가 발견했을지가 궁금해서 찾아보니 비타민A를 발견한 영국의 생화학자로 '근대 영양학의 선구자'로 불리는 프레더릭 가울랜드 홉킨스 경이 1921년에 발견했다고 한다. 홉킨스 경이 글루타치온 얘기를 했을 땐 세상 사람들은 별 관심이 없었다. 항산화라는 개념에 지구인들이 열광한 것은 상당히 나중의 일이었다. 한국에서는 아마도 '미백'이라는 키워드를 빼놓을 수 없을 텐데 일명 '백옥주사'라고 불리는 것의 주성분이 바로 글루타치온이다. 글루타치온은 경구 섭취, 그러니까 입으로 먹으면 별 효과가 없다는 얘기가 있다(운반체가 없기 때문에!). 그래서 주사 또는 입안에 붙여서 점막으로 흡수시키는 필름의 형태가 각광받고 있다.

어딘가 예뻐진다는 영양제의 세계

소위 여초 커뮤니티라고 하는 곳에는 꼭 뷰티 게시판이 있었다. 나는 인터넷 중독자이기 때문에 오랜 시간 각 커뮤니티의 뷰티 게시판을 보았다. 시대에 따라 정보의 내용과 결이 달라졌지만 결국 목표는 동일하다고 생각한다. 쎈 사람이든, 여리여리한 사람이든, 찰랑이는 긴 머리든, 큐트한 짧은 머리든, 털털한 매력이든, 부서질 듯한 아름다움이든, 목표는 바로 시선을 멈추게 하는 것. 특별한 사람이 되는 것. 내가 좋아하는 사람이 내게 호감을 가졌으면 좋겠는 것. 화장을 정교하게 하든, 맨얼굴로 말간 느낌을 주든, 길은 전혀 달라 보여도 목표 지점은 동일한 것이다.

　달맞이꽃 종자유라는 것이 있다. 영어로는 이브닝 프림로즈 오일이다. 2000년대 중반에 그 존재를 처음 알게 되었다. 어느 커뮤니티의 어느 게시판인지 기억은 나지 않는다. 하지만 익명이기에 더욱 진실되게 느껴졌던(돌이켜 생각해보면 그래서 숨은 광고를 하기 좋았을) 어떤 게시판에서 나는 참 영업이 잘되었다. 피부과 전문의가 하는 지루한 말보다 한 익명 회원이 무심하게 쓴 말이 주는 영향이 더 컸다. 달맞이꽃 종자유도 그렇게 만났다. "나 왠지 이걸 먹은 이후로, 묘하게 예뻐졌다는 말을 들어." 뭐라고? 나도 살래.

한국은 노력해서 얻은 아름다움을 높게 치지 않는다. 나 아무것도 안 했는데? 그냥 물 많이 마셨는데? 요즘 좀 푹 잤나? 몰라. 그런 감성을 일컫는 표현은 시대에 따라 달라졌지만 결국 내용물은 같았다고 생각한다. 옛날 패션잡지들은 '무심한 듯 시크하게'라는 말을 자주 썼다. 그 말은 '꾸안꾸'로 바뀌었다. 지금은 또 바뀌었겠지. 어느 쪽이든 '빡세게 예뻐지자!'가 아닌 것이다. 욕망해도 그 욕망을 드러내면 안 되는데 달맞이꽃 종자유는 바로 그 버튼을 눌렀다.

그렇게 달맞이꽃 종자유는 나의 매일에 안착했다. 몇 병을 비웠다. 진짜로 묘하게 예뻐졌다는 말을 들었냐고 묻지는 말길 바란다. 우리의 관계는 갑자기 끝났다. 여초 게시판에서 새로운 글을 보았기 때문이다. "자궁에 근종 있는 사람들은 달맞이꽃 종자유 먹지 마. 종양 커져."

내 자궁은 약간 말썽을 부리는 스타일이었다. 피곤하면 검은 피가 나오고, 안에 뭐가 자꾸 생겼다 하고. 그래서 병원에 자주 갔고 그 덕에 내 자궁에서 살고 있는 근종에 대해 일찍 알고 있었다. 일단 암으로 발전하는 건 싫었기 때문에(누가 좋아할까 싶지만) 검사를 정기적으로 했다. 산부인과 의사는 별일이 아니라는 식으로 말하는 듯 보였지만 매번 조직검

사 의뢰를 넣었다. 내 자궁은 아마도 별일과 별일 아닌 일의 경계에 있었던 것 같다.

에스트로겐이라는 물질이 있다. 유명한 호르몬이다. 여성호르몬을 꼽자면 제일 먼저 나오는 이름이 아닐까. 사람들은 에스트로겐을 상당히 좋아한다. 예뻐지는 호르몬이라는 별명이 있는데 일단 학계는 그다지 찬성하지 않는 것 같다. 에스트로겐과 대중의 관계를 돌아볼 때, 2006년에 나왔던 전설의 음료수 '미녀는 석류를 좋아해'를 빼놓을 수 없을 것이다. 에스트로겐은 석류에 많이 들었고, 그 석류로 음료수를 만들었고, 모델은 이준기고, 시엠송은 "미녀는 석류를 좋아해~"로 시작하는데, 이어지는 구절은 심지어 "자꾸자꾸 예뻐지면 나는 어떡해"다. 어떡하긴 뭘 어떡해. 한국인들은 열광했고 음료는 출시 한 달 만에 매출 100억 원을 기록했다.

한편 음료가 출시되기 2년 전인 2004년, 엄기영 씨가 MBC 뉴스의 메인 앵커이던 시절 이런 뉴스가 보도되었다.

[콩이 석류보다 에스트로겐 32배 넘어]
앵커: 여성들 사이에 요즘 석류풍이 불고 있습니다. 몸에 좋다는 여성호르몬 에스트로겐

성분 효과를 잔뜩 선전하고 있는데 과연 그럴까요?

[…]

10년 전 일본에서도 우리의 지금처럼 석류 열풍이 불었지만 호르몬 에스트로겐이 없는 것으로 드러나자 차갑게 식었습니다.

하지만 나는 조금 이해가 간다. 콩을 먹는 것보다 석류를 먹는 쪽이 훨씬 예뻐지는 기분이 들었을 것이다. 석류는 빨갛고, 야하고, 씨도 많고, 흐드러지고, 새콤하고…. 두부김치를 먹으면서 예뻐지는 기분이 들진 않으니까. 결국 반쯤은 기분과 기세의 영역이니까.

다시 달맞이꽃 종자유 이야기로 돌아가겠다. 과연 달맞이꽃 종자유, 또는 에스트로겐은 근종을 커지게 만드는가. 어느새 나는 애틀랜타 섬유종 센터의 홈페이지에 들어가서 자궁근종 비수술 치료의 최고 권위자인 존 리프먼 박사가 쓴 글을 읽고 있었다.[*]

"에스트로겐 수치가 너무 높으면 자궁근종이 커질 수 있습니다."

[*] https://atlii.com/fibroids-estrogen/

땅땅. 그렇다고 한다. 달맞이꽃 종자유가 내 에스트로겐 수치를 높였는지, 아무 영향 없었는지, 평행세계의 나와 과거의 나의 피를 매일 뽑아 6개월 이상 추적검사 할 것이 아니기 때문에 영원히 알 수 없다. 여하튼 나의 근종은 조금씩 커져서 결국 작년에 수술을 했다.

달맞이꽃 종자유의 근황을 찾아보니 요즘은 홍보 방향이 완전히 달라진 것 같다. 월경 증후군 관리 계열에서 상당한 힘을 발휘하고 있었다. 누군가에게 도움이 된다면 다행이다. 진심이다!

✳

한편 콜라겐의 경우는 어떨까. 예뻐지는 영양제 중 가장 대중적인 것은 콜라겐일 것이다. 콜라겐에는 오랜 추억이 있다. 돼지 껍데기나 족발 등을 먹으면서 "아 탱글탱글! 여기 가득 담긴 콜라겐이 피부에 정말 좋을 것 같죠!" 하고 리포터가 상큼하게 말하는 것을 보고 '그러게 정말 좋겠다…' 하고 공감하며 컸는데 언젠가 한 피부과 의사가 심드렁한 표정으로 이렇게 말하는 것이었다. "그게 과학적으로 말이 되나요. 탱글탱글한 걸 먹어서 내 피부가 탱글탱글해진다니…

머리가 좋아지기 위해서 뇌를 먹는다는 것과 같은 개념입니다." 아, 이래서 이과가 안 되는 거야!

하지만 기업은 항상 길을 찾는다. 어느새 저분자 콜라겐이라는 것이 나와서 세상을 휩쓸고 있다. 분자가 커서 싫었어? 그래서 내가 분자 줄였지. 결국 엄청난 설득력을 가지게 되었다. 가끔은 그걸 위해 전문가들이 엄청나게 노력하는 게 아닌가 하고 생각하게 된다. 실제로 상황이 달라지는 것도 중요하지만 더 중요한 것은 달라졌다는 마음이 들게 하는 것. 닭이 먼저일까 달걀이 먼저일까. 알 수 없지만 우리가 매번 기꺼이 돈을 쓴다는 것은 명확하다.

인간은 항상 무언가를 믿고 싶어 한다. 인간은 매력적이고 싶어 한다. 그걸 위해 인간은 무언가를 하고 싶어 한다. 가능하면 살짝, 티가 나지 않게. 그리고 그 모든 과정에서 누군가는 돈을 번다. 나는 쓰는 쪽이고.

절대 강자 비타민C

책 행사가 있던 날, 함께한 작가가 "많이 피곤하시죠?" 하면서 가방에서 불쑥 레모나를 꺼냈다. 나는 몇 가지 포인트에서 소소하게 놀랐는데 첫째는 레모나가 아직 있다는 점(당연히 있다), 둘째는 그 레모나가 젊은이들에게(그 작가와 나는 나이 차이가 많이 났다) 대중적이라는 점, 셋째는 온갖 비타민을 먹는 나에게 흔들림 없이 레모나를 건넨 어떤 투박한 다정함….

　　오랜만에 먹어본 레모나는 바로 그 레모나 맛이었고, 레몬이 주는 쌉쌀한 새콤함은 피로가 사라지는 듯한 착각을 주었다. 경남제약의 레모나 선생님, 여전하시네요. 그리고 막판에 가루에 목구멍이 살짝 막혀서 헐레벌떡 물을 마셨다. 정말 여전하시네요!

　　레모나는 어떻게 이렇게 오래 살아남을 수 있었을까. 내가 중학교 때 친구들과 나눠 먹던 레모나는 어떻게 중년이 되어 행사에 갔을 때도 내 손에 쥐어질 수 있었던 걸까. 여기에 대해 말하려면 일단 비타민 C라는 절대 강자에 대한 이야기를 해야 한다. 살아남은 수준이 아닌 영양제의 세계에서 절대적 지배자로 군림하고 있는 전설의 비타민에 대하여….

＊

요즘 교육과정이 어떤지 모르겠지만 내가 학교에 다닐 때 비타민C는 상당히 중요한 존재였다. 그도 그럴 것이 서사가 드라마틱하다.

비행기가 생기기 전 인류는 배를 타고 세상을 돌아다녔다. 대항해시대가 열리고 누가 더 길게 더 멀리 항해를 할 수 있을지를 겨루던 시절에 선원들이 괴혈병으로 쓰러졌다. 잇몸에서 피가 줄줄 나고 면역이 떨어져서 급기야 사망에 이르렀다. 바다 한가운데에서는 아무리 노력해도 괴혈병을 막을 수 없었다. 유명한 탐험대라 해도 예외는 없었다. 조너선 램의 기록에 따르면 1499년 바스코 다 가마는 선원 170명 중 116명을 잃었고, 1520년 마젤란은 230명 중 208명을 잃었다. 사망 원인은 주로 괴혈병이었다.

당시에 레몬이나 라임, 오렌지 같은 과일이 도움이 된다는 설은 있었지만 어디까지나 설이었다. 게다가 항해 중에 채소나 과일을 오래 보존할 수도 없었을 것이다. 오래 보존하려면 일단 끓여야 한다. 하지만 비타민C는 끓이면 파괴된다. 21세기의 우리는 그 사실을 알고 있지만 18세기 영국의 가장 용감하고 결단력 있는 해군 사령관은 그 사실을 알지 못했다.

1740년 조지 앤슨 선장은 10개월간 총 2천 명의 선원 중 1,300명을 잃었다. 주로 괴혈병 때문이었다.

이쯤 되니 배를 타는 사람들이 직접 라임이나 오렌지, 레몬 등의 과일이 괴혈병 치료에 효과가 있다고 주장했다. 하지만 육지에 있는 의사들은 그 가설을 학설로 인정하지 않았다. 아, 학설의 한계여. 결국 비타민C가 괴혈병을 치료한다는 것을 학계는 1927년에서야 인정했고 그것을 규명한 과학자들은 1937년에 각각 노벨생리의학상과 노벨화학상을 받았다. 그 후 비타민C는 2023년 현재까지 100년 가까이 비타민계의 제왕으로 군림하고 있다.

괴혈병 이야기가 시험 문제로 내기 좋다는 것은 알겠다. 안 친한 사람과 대화할 때 소소한 화제로 꺼내기 좋다는 것도 알겠다(아닌가?). 하지만 신선한 채소와 과일이 많아 괴혈병에 걸릴 위험이 극도로 적은 현대인에게 어떻게 비타민C가 여전히 중요할 수 있을까, 그 부분이 나의 의문점이었다.

*

한때 비타민C 오버도즈(overdose)라는 것이 유행했다. 지금도 소소하게 유행 중이다. 말 그대로 비타민C를 아주 많이 먹는 것이다. 2020년 기준 한국인 성인의 비타민C 하루 권장섭취량은 100밀리그램이고 오버도즈를 하는 경우에는 하루 2천 밀리그램 정도를 먹는다. 무려 20배다. 2천이라는 숫자가 나온 이유는 섭취 상한이 2천 밀리그램이기 때문이다. 그러니까 한계까지 밟는 것이다. 그럴 수 있었던 두 가지 이유는 하나, 비타민C가 너무 좋아서, 그리고 둘, 수용성이므로 결국 몸이 흡수하지 못한 분량은 전부 배출되기 때문에. 그러니까 마음껏 이 좋은 것을 가능한 한 많이 넣어보자!

나 또한 오버도즈용 비타민C를 산 적이 있다. 그도 그럴 것이 너무 매력적이었다. 고함량 비타민C를 먹으면 한 달에 3만 원 정도에 감기에 걸리지 않고 생기가 넘치며 맑은 피부에 피로를 모르는 몸이 된다는 것이었다. 게다가 안(덜) 늙는다고 했다. 게다가 콜라겐의 합성과, 또 다른 무엇의 합성과… 급기야 항암 카페에서까지 인기가 있으니 어떻게 거부하겠는가. 게다가 요즘 비타민C는 너무 흔해져서 편의점에서 사는 음료수 안에도 상당량 들어 있다. 그럼 영양제를 먹는 기분이 안 나지. 오버도즈의 부작용으로 복통, 설사, 요로결석 등이 있었지만 신경 쓰이지 않았다.

오버도즈가 계속 인기가 있는 데는 또 다른 노벨상 수상자의 공이 있다. 그의 이름은 라이너스 폴링. 1954년에 노벨 화학상을, 1962년에는 노벨 평화상을 받았다. 그러니까 학자인데 지구 평화에까지 공헌을 한 것이다. 대중적인 인기도 상당했을 것이다. 그는 비타민C를 엄청나게 신봉했다. 죽을 때까지 그 신념은 변하지 않았다. 감기와 비타민C에 대한 그의 주장이 플라세보효과로 결론이 나도 흔들리지 않았다. 그다음 항암과 비타민C에 대한 주장도 논파되었지만 역시 흔들리지 않았다.

그는 전립선암으로 죽었다. 하지만 93세에 죽었다. 그럼 그는 비타민C를 그렇게 먹어도 결국 암으로 죽은 사람인가, 아니면 비타민C를 그렇게 먹은 덕에 장수를 한 사람인가. 한 사람의 한 가지의 죽음에 두 가지 정반대의 해석이 있다.

*

어릴 때 감기에 자주 걸렸다. 출근을 해야 하는 엄마는 내 머리맡에 오렌지주스 한 통과 가나초콜릿 하나를 놓고 가곤 했다. 나는 열에 취해 자다가 일어나서 주스를 벌컥벌컥 마시고 초콜릿을 몇 입 먹고 다시 잠이 들었다. 그렇게 하루를 보내면 다음 날 괜찮아졌다. 회복에 무엇이 몇 퍼센트 작용했는지는 알 수 없다. 오렌지주스 안에 든 비타민C인지, 초콜릿의 열량인지, 잘 잔 덕인지, 내 자체 회복력인지. 모두 어딘가 작용했겠지. 하지만 내 손으로 같은 주스와 같은 초콜릿을 사서 머리맡에 두었다면 왠지 조금 달랐을 것 같다. 역시 알 수 없지만.

요즘은 기미가 생기는 걸 막아준다는 코팅 잘된 비타민C*를 챙겨 먹는다. 기미가 걱정되어서는 아니고 어떤 만화가가 숙취에 그 비타민이 최고라는 얘기를 그렸기 때문이다. 술도 안 마시지만 숙취에 좋다니, 뭘 얼마나 잘 만들어놨길래 숙취에 좋대. 그럼 숙취 말고 내 피로도 풀어주겠지. 여튼 어딘가에 좋겠지. 또 어떤 전문가도 어떤 친구도 아닌 모르는 사람이 흘린 말에 넘어갔다. 하지만 그런 곳에 진심이 있는 것처럼 자꾸 느껴지는걸.

---

*　일본 에스에스제약 하이치올C 플러스 2.

비타민B와 중년이 홀리는 영양제

> "역시 아리나민은
> 뭘 사긴 해야 하는데
> 쓸데없는 거에 돈 쓰기 싫을 때
> 1순위가 되는 거 같아요."
> -서울시 영등포구 이다혜

다혜리(a.k.a. 이다혜, 작가, 씨네21 기자)와 나는 아마도 마음에 구멍이 있다. 그럴 때 우리는 자잘한 물건을 본다는 점에서 닮았다. 아마도 그는 미니멀리스트가 아닐 것이다. 나도 그러하다. 구멍이 크게 느껴지면 물건으로 메우고 싶어진다. 그게 찻잔이 되든, 우롱차가 되든, 책이 되든, 바디로션이 되든… 다혜리 자신은 달라졌다고 말하고 싶을 수 있으나 저 아리나민 대화를 며칠 전에 하고 생각했다. 당신은 여전히 또 하나의 나군요.

아리나민 EX 플러스는 무시무시한 비타민이다. 일단 한 병에 일본 현지 최저가가 5만 원 정도이다. 270알이 들었는데 하루 3알이 정량이니까 석 달분이다. 드러그스토어에서 영양제 구경을 하다가 다른 제품에 비해 몇 배나 높은 가격임에도 당당히 가운데에 있는 아리나민을 보며 '꼴랑 비타민B만 들었는데 저런 걸 왜 사야 해?' 하고 몇 년 전의 나는 생각했다. 사십대가 된 지금은 사막에도 들고 가고 싶은 비타민 이라고 생각한다.

아리나민의 한국 제품명은 액티넘이다. 풀어도 풀리지 않는 피로엔 액티넘. 이미 느낌이 오는가? 그러니까 이 제품은 피로가 너무 누적되어 더 이상 풀리지 않는 기분이 드는 사람들을 대상으로 한다. 밤을 새도 거뜬하고 유일한 고민이 그다음 날 푸석해 보이는 피부인 사람들이 아니다. 이러다 딱 죽겠다 싶은데 태연하게 출근해서 일을 처리해야 하는 과장급 이상의 사람들, 버텨야 하는 사람들이 대상이다. 심지어 이 제품은 눈 피로, 어깨결림, 허리 통증 개선 효과를 앞세운다. 이게 바로 3대장이 아니던가. 책상 앞에서 10년 이상 일한 사람들의 마음을 찌른다.*

어떤 책 마감 직전에 또 짐을 싸서 이웃 나라 어느 숙소에 틀어박혔다. 전문용어로 통조림이라고 한다. 작은 방에 갇혀서 통조림 속 절인 올리브처럼 지

---

* 언젠가 한 선배에게 물었다. "어떻게 운동을 매일 하세요?" 선배가 대답했다. "안 하면 너무 아파서."
  '운동을 하면 오히려 뻐근하고 아픈 거 아닌가?' 생각했던 난 참 깃털처럼 뇌가 보드라운 청년이었다.

내다 보니 어깨가 너무 아팠다. 아침에 눈을 뜨면 이미 하루를 다 산 것처럼 피곤했다. 티브이를 틀었더니 아리나민의 광고가 나왔다. '피로를 덜 느끼는 몸으로 만들어드립니다.' 나는 바로 드러그스토어에 가서 거금 5만 원을 주고 아리나민을 사서 그날부터 복용하기 시작했다.

먹기 시작하니 이미 아리나민을 장복하고 있는 사람들이 눈에 띄었다. 깐깐한 그 선배도, 좋은 걸 많이 아는 그 친구도 아리나민을 먹고 있었다. 이럴 수가. 나도 사 먹고 있지만 그래도 결국 비타민B 아닌가. 곡물에 들어 있어서 쌀밥을 먹는 우리는 충분히 먹고 있다는 그 흔한 비타민B. 하지만 비타민B는 쫙쫙 흡수가 되지 않는다는 단점이 있다. 음식을 먹어도 그것이 에너지, 그러니까 기운으로 완전하게 변환되지 않는다. 어떤 사람은 밥을 먹으면 힘이 나고, 어떤 사람은 밥을 먹어도 계속 기운이 없다. 거기서 푸르설티아민이라는 신기한 물질이 등장한다.

아리나민을 만든 다케다제약의 말에 따르면, 푸르설티아민이 비타민B의 단점을 극복하여 활성형으로 변신하여 에너지를 더 잘 만드는 데 도움을 주고, 신경까지 에너지를 전달해주고…. 요는 다케다제약이 이 제품으로 60년간 3천억 원의 매출을 올렸다는 것이다. 나도 20만 원 정도 보탰다.

　　결국 이 제품은 과로로 1, 2위를 다투는 나라 일본과 한국이기 때문에 60년간 팔리고 있는 영양제라고 생각한다. 기운이 없어도 기운이 날 때까지 쉴 수 없으니까, 천천히 어깨 운동을 하고 여유를 부릴 수 없으니까, 허리가 아파도 오늘 이 서류를 마쳐야 하니까 특효약을 찾게 된다. 깐깐한 그 선배도, 좋은 물건을 많이 알고 있는 그 친구도 그렇다. "자도 자도 풀리지 않는 피로", "괴로움이 통증으로 바뀌었다면", "어떻게든 하고 싶은 허리 통증에" 우리는 이런 카피를 원한다. 제품 말고 카피 말이다. 그런 정신이 깃든 물건 말이다.

　　고로 아, 모르겠고 일단 5만 원 정도 쓰고 싶을 때 배송 후 구석에 처박히지 않을, 어떻게든 쓸모있을 아이템 1등은 아리나민이다. 왜냐하면 나도 다혜리도 한동안은 계속 피곤할 테니까. 사막에 가도 아마 피곤할 것 같으니까.

탈모와 비오틴과 맥주효모와 로게인폼

"언니, 로게인폼은
종로 보령약국이 제일 싸."
-서울시 영등포구 임이랑

장례식에 갔다. 예전에 자주 봤지만 어느새 드문드문
보는 사이가 된 언니가 상을 당했다. 흔한 얘기다. 하
지만 장례식장에 갈지 말지 고민하진 않았다. 한 선
배한테 들은 말 때문이다. 기쁜 일보다 슬픈 일에 꼭
함께하라는 얘기. 그래서 아주 오랜만에, 하지만 여
전해 보이는 언니와 검은 옷을 입고 육개장을 두고 마
주 앉게 되었다.

　　당연히 기운이 별로 없는 언니와 원래 기운이
별로 없는 나와 친구들이 앉아서 진지하게 얘기하게
된 주제는 갑자기 탈모였다. 자연스럽게 그렇게 되
었다. 언니는 희미한 목소리로 분명하게 말했다. "비
오틴이랑 맥주효모를 꼭 같이 먹어야 해." 언니 왜
요…. 하지만 집으로 가는 길에 가족을 위해 맥주효
모를 시킨 나였다. 그런 자리에서 나오는 말은 그냥
맞다.

　　탈모는 현생인류의 가장 큰 고민 중 하나이다.
탈모는 정말 막을 수 없는 것 같다. 나는 그 사실을 묘

한 상황에서 실감했는데 전국에서 돈 보따리를 싸 들고 찾아간다는 유명 한의원에 갔을 때, 원장님의 반들거리는 피부의 윤기와 번뜩이던 안광을 보고 정말 영험한 분이구나 생각하며 동시에 '저런 분도 탈모는 어쩔 수 없구나' 하고 생각했다. 그에겐 머리카락이 없었다.

이 타이밍에 말하기 조금 주저되지만 나는 머리숱이 풍성한 편이다. 만 42세, 2023년 기준으로는 아직 그렇다. 살다 보니 머리카락이 약간 가늘어지긴 했지만 별 불편함은 없다. 영양제를 굳이 챙겨 먹는다면 위장, 면역체계, 불면, 활력 이런 쪽이 급하기 때문에 머리카락까지 고민의 순번이 돌아가진 않는다. 나는 아직 탈모의 세계에 관심이 없다. 그래서 친구들이 진지하게 토론을 할 때 커피를 쭉쭉 빨며 듣곤 한다. 뭘 먹는지. 어디까지 시도하고 있는지. 처방은 받는지. 결국 심을 것인지. 절대 만지면 안 될 정도로 독한 약은 무엇인지. 농도는 어느 정도인지.

친구들뿐만 아니라 자주 가는 인터넷 게시판에서도 머리카락 이야기가 자주 나온다. 어린 친구들은 탈모가 남성들의 고민거리라고 생각할지도 모르겠다. 그렇지 않다. 여성 탈모의 세계는 깊다. 크다. 막

강하다. 뿌리 깊다. 그 고민은 꽤 빠른 시기에 시작되고 아주 오래 이어진다. 남성에게는 완전한 빡빡이가 되어버리는, 이 탈모 전쟁에서 탈출하는 깔끔한 선택지가 있지만 여성에게는 아직 쉬운 선택지가 아니다. 고로 어떻게든 버텨야 한다. 중년 여성이 많이 모이는 게시판에서 명징한 문장을 보았다. "진정한 부티는 옷이나 가방에서 나오는 게 아닙니다. 풍성한 머리카락에서 나오죠." 아아. 쉽게 가질 수 없는 것을 사람은 더욱 강하게 욕망한다.

탈모 관련으로 가장 유명한 영양제는 아마 비오틴일 것이다. 비오틴은 의외로(?) 비타민이다. 처음에는 비타민H라고 불렸다. H는 독일어로 'Haut', 피부라는 뜻에서 왔다. 지금은 비타민B 계열로 분류된다. 나는 손톱이 갈라지거나 머리카락 끝이 갈라질 때 종종 비오틴을 샀다. 하지만 또 누군가가 머리카락은 피부가 아니니까 영양을 공급해 봐야 소용이 없고 이미 죽은 것이라는 이과의 입바른 말을 하여 나의 흥을 깼고⋯.

맥주효모는 정말 궁금했다. 정말 중세의 마녀가 내릴 법한 처방이 아닌가? 맥주는 술이니까 몸에 안 좋은 것인데 거기서 나온 효모가 왜 탈모에 좋아.

실눈을 뜨고 있다가 맥이 탁 풀려버렸는데 이렇게 적혀 있었기 때문이다. '독일 맥주 공장에서 일하는 노동자들은 머리숱이 풍부했습니다.' 이거 SK2 화장품 광고에 나오는 '사케를 만드는 사람들은 손이 고왔습니다' 논리잖아. 유구하게 우리가 넘어가는! 그러니까 또 중세 마녀의 처방이 옳았고 『동의보감』은 모든 것을 알고 있고 고대 이집트와 그리스는 모든 발견을 이미 하였고….

여하튼 영양제 업계와 탈모 업계는 큰 사업을 벌이고 있는 듯하다. 샤워를 한 뒤 수챗구멍에 머리카락이 빠져 있는 모습을 보면 모두가 철렁한다. 많은 친구들이 적극적인 조치를 취하고 있다. 외모에 있어서 정복하지 못한 마지막 대륙은 머리카락이니까. 아직 남아 있으면 있을 때 관리해야 한다는 위기감으로, 많이 진행되었다면 조금이라도 막아야 한다는 절박함으로 모두들 뿌리고 바르고 먹고 있다.

로게인폼이라는 제품이 있다. 처방 없이 약국에서 살 수 있는데 베이비 로션으로 유명한 존슨앤존슨이 혈압약을 개발하려다 털이 이상하게 많이 자라는 것을 보고 옳다구나 하고 탈모 치료제로 낸 제품이다. 미녹시딜이라고 하면 아! 하고 아는 사람이 많을지도 모르겠다. 로게인폼의 주성분이 미녹시딜이다. 하지만 갑자기 털이 날 정도로 강력하니 부작용도 강력하다. 임신을 계획 중이거나 임신 중인 사람은 절대로 사용하면 안 된다. 심혈관 질환이 있는 사람도 마찬가지다. 역시 맥주효모 얘기도 그렇고 중세의 흑마술 같다. 새 생명을 탄생시키고 싶으면 너의 것을 내놓아라.

나의 친구 임이랑은 스트레스를 받으면 두피로 열이 올라오는데 두피가 뜨거워지면… 그렇다, 식물의 노란 하엽처럼 머리카락이 우수수 떨어진다고 한다. 임이랑의 집에 있는 수백 개의 식물 중 비실거리는 친구는 하나도 없지만, 그는 죽어가는 식물도 태연하게 살려내는 사람이지만, 전설의 한의사 선생님처럼 그도 머리카락에 있어서는…그저 칙칙 톡톡 로게인폼을 뿌릴 뿐. 밖에 그렇게 나가기 싫어하는 애가 종로까지 나가서 로게인폼을 쟁인다고 한다. 지금은 여유를 떨고 있는 나도 조만간 "너 쟁일 때 내 것도 쟁여주라" 하고 카톡을 보낼지도 모르지.

영양제를 먹는 마음

원고를 전부 읽은 편집자가 이렇게 말했다.

"그럼 영양제를… 먹으라는 거예요, 먹지 말라는 거예요?"

나는 대답했다.

"바로 그것이 영양제의 핵심입니다."

편집자는 더 모르겠다는 표정으로 나를 바라보았다.

영양제를 먹는 마음은 기본적으로 달 밝은 밤에 정화수를 떠다 놓고 비는 마음과 같다. 그것은 치성을 드리는 마음이다.

옛날 옛적 내가 수능을 칠 때, 시험 시작 시간부터 끝날 때까지 엄마는 절에 가서 108배를 했다(지금은 천주교도가 되었지만). 그 얘길 들었을 땐 "허리 아프게 왜 괜히 그런 짓을 했어!" 하고 엄마에게 심통을 부렸던 것 같다. 엄마 절 한 번에 내가 문제 하나더 맞히게 되는 것도 아니니까.

하지만 이제는 그렇게 생각하지 않는다. 딸이 시험을 치는 동안 계속 정성스럽게 마음을 모아서 한곳에 보내는 행위. 그 마음이 정령을 감복하게 하여 시험장으로 날아와 내가 왠지 2번을 찍게 만들어주었을지도 모른다.

많은 것은 섞여 있다. 실제의 효과라는 부분만 본다면 영양제도, 108배도, 냉혹한 논문 앞에선 '별 효과 없음' 딱지가 붙을 것이다. 하지만 아직 논문의 영역에서 측정할 수 없는 '마음'이라는 것이 있다. 그건 엄마가 108배를 하며 되새겼던 마음이고 장독대 위에 정화수를 떠다 놓고 그 앞에서 비는 마음이고 하늘을 올려다보고 달님께 별님께 비는 마음이다. 그런 마음이 이뤄내는 것들이 있고 현대 과학은 아직 그걸 모른다.

그리고 오늘 내가 비타민D를 손에 쥐고 생각하는 마음이 있다. 오늘 바깥에 한 발짝도 안 나가서 햇빛을 하나도 안 쐬었는데 네가 나의 오늘의 햇빛이 되어줄래?

이 뻔뻔한 마음이 뭘 이뤄주는진 모르겠지만… 이 알약을 삼키는 마음이 어쩌면 내가 내일 햇빛 아래를 걷는 마음으로 이어질 수도 있다. 한편 비타민D가 억울한 마음으로 '자꾸 나를 의심하네!' 하면서 몸속에서 열심히 일하고 있을 수도 있다.

정화수에 치성을 드리는 사람에게 정화수나 장독대가 핵심이 아니듯 나에게도 비타민D의 효능이 핵심이 아니다. 그 마음이 이뤄내는 것들과, 마음에게 영향받은 나의 선택들이 중요한 것이다. 이것이 내가 영양제를 먹는 마음이다.

바라기. 희망하기.
그것으로 파생된 것들에 관심을 가지기.
알게 되기.
당연하지 않게 생각하기.
왠지 효과가 있다면 감사하기.
조상의 지혜에, 정령에게, 어느 과학자에게, 꿀벌에게, 고대 그리스인에게.
그런 감사하는 마음이 왠지 내 인생에 좋은 영향을 줄 것이라 믿기.

그나저나 정화수 앞에서 비는 마음이 꼿꼿하고 바른 자세와 함께라면 내가 영양제를 먹는 마음은 침대에 퍼질러 누운 자세와 세트라는 점이 크게 다르긴 한데… 역시 그 점이 영양제의 가장 큰 매력 아닐까!

이 말도 맞고 저 말도 맞고 그러다 결국 모르겠다고 말하는 기꺼이 어리석은 자의 글을 읽어주셔서 감사합니다.

비타민B, 비타민C, 비타민D, 유산균, 프로폴리스, 밀크시슬, 마누카꿀, 테아닌, 초록홍합, 글루타치온, 비오틴과 맥주효모의 정령이 당신과 함께하길 바라며.

2023년 겨울
오지은

나를 만든 세계, 내가 만든 세계
'아무튼'은 나에게 기쁨이자 즐거움이 되는,
생각만 해도 좋은 한 가지를 담은 에세이 시리즈입니다.
위고, 제철소, 코난북스, 세 출판사가 함께 펴냅니다.

아무튼, 영양제

초판 1쇄 2023년 12월 25일
초판 2쇄 2024년 10월 25일

지은이 오지은
편집 김아영 곽성하
디자인 일구공 스튜디오
제작 세걸음

펴낸곳 위고
펴낸이 이재현 조소정
등록 2012년 10월 29일 제2012-000115호
주소 경기도 파주시 돌곶이길 180-38 1층
전화 031-946-9276
팩스 031-946-9277

hugo@hugobooks.co.kr
hugobooks.co.kr

ⓒ오지은, 2023

ISBN 979-11-93044-10-0 02810